마음
씨앗

마음씨개

초판 1쇄 인쇄일 2016년 10월 24일
초판 1쇄 발행일 2016년 10월 28일

지은이 강표성
펴낸이 양옥매
디자인 최원용
교 정 조준경

펴낸곳 도서출판 책과나무
출판등록 제2012-000376
주소 서울시 마포구 방울내로 79 이노빌딩 302호
대표전화 02.372.1537 **팩스** 02.372.1538
이메일 booknamu2007@naver.com
홈페이지 www.booknamu.com
ISBN 979-11-5776-299-6(03810)

이 도서의 국립중앙도서관 출판시도서목록(CIP)은 서지정보유통지원 시스템
홈페이지(http://seoji.nl.go.kr)와 국가자료공동목록시스템
(http://www.nl.go.kr/kolisnet)에서 이용하실 수 있습니다.
(CIP제어번호 : CIP2016025913)

이 사업은 (재)대전문화재단과 한국문화예술위원회에서 사업비 일부를
지원받았습니다.

대전문화재단   한국문화예술위원회
              Arts Council Korea

마음씨개

강표성 지음

책과나무

짝사랑이었을까.

어설펐지만 그로 인해 행복했다.

쉽사리 곁을 내주지 않아 쓸쓸했음을 고백한다.

별 재주 없는 내가 여기까지 온 것도 복이라면 복이다.

첫 번째 매듭을 묶는다. 그동안의 조각들을 모아 놓으니 기분이 묘하다. 좀 더 치열할 수는 없었는지 반성한다. 내 사랑에 대한 예의가 부족한 거 같아 미안하고 부끄럽다. 이 부끄러움이 앞으로의 노정에 좋은 거름이 되기를 빌며, 더 익은 글을 써야겠다는 다짐으로 일단 쉼표를 찍는다.

글을 쓰는 것이 사람을 들여다보는 일이고, 주위를 찬찬히 바라보는 연습임을 깨닫는다. 이 길에서 사람에 대한 사랑을 더 배울 것이며 그윽한 눈빛으로 살아가는 법을 깨우치리라 기대한다.

살아오면서 느낀 소소한 이야기를 담았다. 마지막 5부
에서는 내가 만난 외국인 재소자들에 대한 이야기를 묶
었다. 다분히 개인적인 생각에서 우러난 글이니 이해를
구한다.

부족한 나를 지켜보던 분들께 고마움을 표한다. 묵묵
히 바라보던 가족들, 좋은 도반인 화요일의 문우들, 격
려를 아끼지 않았던 권선옥 선생님께 감사드린다. 특히
귀한 기회를 허락하신 하나님께도 감사드린다.

2016년 10월 대전에서
강표성

Contents

PART 03 꽃은 혼자 피지 않는다

PART 04 열리지 않는 창문

PART 05 사람이 희망이라는 말처럼

PART
01

영혼을
연 주 하 듯

외진 자리를 탓하지 않고
낡은 그 무엇도 핑계대지 않으며
연어의 낚시 문을 하고 또 하였지요

낙타

갑자기 비가 내렸다. 두 번째 만남인데 우산 속 데이트를 해야 했다. 너무 가까워도 너무 떨어져도 안 되는 공간에 갇혀 우리는 해운대 바닷가를 걸었다. 한참 지나서야 그의 뒷모습을 보게 되었다. 어깨와 등이 젖어 있었다. 우산을 내 쪽으로 양보하다보니 자신은 젖을 수밖에 없었나 보다. 젖은 등판을 보니 마음이 기울었다. 어떤 비바람 속에서도 나를 지켜 줄 것 같은 널찍한 등이 '날아다니는 양탄자'처럼 보였다. 동화 속에서처럼 어디든 데려다주고 무엇이든 해 줄 것 같았다.

만남이 엊그제 같은데 긴 세월이 흘렀다. 찰랑이던 머릿결은 어디 가고 주변머리가 걱정되는 나이로 접어들었다. 바다와 바람을 좋아하던 남자는 더 이상 낭만주의자가 아니다. 그의 뒷모습이 절벽 같은가 하면, 돌부처 같이 느껴질 때도 있다. 그의 등에도 세월의 굳은살이 박인 것이다.

사람의 등은 또 하나의 자화상이다. 그의 지난날들이 숨어 있다. 신맥처럼 곧추선 등이 시간의 풍화작용에 따라 굳어지거나 휘어지며 일상의 무게를 견뎌낸 것이다. 그 속에는 이를 앙다문 마음들이 박혀 있고, 눈물 어린 순간들도 숨어 있다. 그래서 사람의 뒷모습에서는 삶의 이력이 보이는지도 모른다.

아버님은 연세가 드실수록 등이 둥그스름해졌다. 당당하던 어깨가 앞으로 기울었다. 자꾸만 굽어 가는 모습에서 당신의 시간들을 엿볼 수 있었다. 등 하나로 세상을 건너온 어른이었다. 아버님의 등, 그것은 작은 씨앗이었고 어설픈 연장이었고 비좁은 농토였다.

칠순 잔칫날엔가, 남편은 아버님을 업고 마당을 휘휘 돌았다. 안반짝만 한 등에 업혀서 얼마나 환히 웃으시는지 새로 박은 금니가 쨍하니 빛났다. 아들에게 업힌 어른은 천진한 아이 같았다. 세상의 짐을 내려놓은 이의 홀가분함이 보였다. 널찍한 등판이 가벼운 등판을 업을 때, 뜨거운 흐름이 서로에게 흘러가고 있었다. 등과 등이 만나는 순간이자 세대와 세대가 이어지는 순간이었다. 지켜보는 이의 가슴조차 뭉클했다.

이제 남편이 짐을 이어받았다. 아버님이 그러셨던 것처럼, 우리 가족의 등이 된 것이다. 남편의 뒷모습에서 돌아가신 아버님이 보인다. 짐이 무거우면 무거울수록 가슴은 앞으로 숙고, 가벼우면 가벼운 대로 중심을 잡아야 하는 시간들을 지나 왔다. 그의 등줄기가 후줄근해 보인다. 예전에는 반듯한 양탄자 같았는데, 그것을 펼치면 어디든 데려다주지 싶었는데.

나이가 들면 짐이 가벼워지리라 생각하지만 꼭 그렇지만은 않다. 어찌된 셈인지 일이 줄어들지 않는다. 나 혼자만의 문제는 아닌 것 같다. 일전에 친구의 아들 결혼식에 갔는데, 신혼집 전세자금을 마련해 주기 위해 자신이 살고 있는 집을 팔았다고 했다. 속이 상했다. 그 집을 사고 친구가 얼마나 기뻐했는지를 알기 때문이다. 허리띠를 졸라 가며 뒷바라지를 했건만 취업난에 시달리고, 겨우 취직이 되어 결혼을 시키려니 주택난이 기다리고, 제 앞가림하기 힘든 세상이다. 정도의 차이는 있지만, 우리도 그와 비슷한 길을 가게 될 것이라는 생각에 마음이 무겁다.

얼마 전에 '동남아'란 말을 들었다. 동남아시아의 줄임말인 줄 알았더니 '삼식이' 형님뻘이라는 것이다. 말 그대로 '동네에 남아도는 아저씨'라는 설명이 그럴듯해 웃었지만 속으로는 씁쓸했다. 머잖아 보게 될 남편의 뒷모습 같아서다. 한참 일할 나이에 끈끈이풀처럼 집에만 붙어 있을 수도 없고, 삶의 변방으로 내몰려 동네 산이나 오르내려야 하는 당사자 심정은 어떨까.

가끔, 남편의 등을 바라보면 짠하다. 넓은 등짝 외에는 어떤 무기도 없는 남자다. 누군가는 그의 등을 계단 삼아 올라갔을 테고,

누군가는 그의 등을 놀이터 삼았을 테지만, 저녁이면 우리 식탁 앞으로 돌아오던 이였다. 아무렇지도 않은 척, 아이를 목말 태우며 웃었던 사람이다.

평생, 가족이라는 짐을 지고 온 남자다. 십 리 밖의 물소리를 들으면서도, 길에서 내려올 수 없었다. 아침마다 콘크리트 정글을 헤치며 나아가야 했다. 나타났다가 사라지는 신기루처럼 자꾸만 흔들리는 꿈을 향해 걸어가는 이, 짐을 내려놓지 못하고 묵묵히 걸어가는 그야말로 도시의 낙타가 아니겠는가.

오늘도 콘크리트 숲에서 돌아올 낙타를 기다린다. 그는 땀에 젖어 돌아올 것이다. 그의 등을 쓰다듬어 주고 싶다. 우리만의 초원에 다다르는 그날까지 함께 가자고. 등과 등이 나란히 걸어가면 그 길 또한 오아시스가 아니겠느냐며, 그의 등을 가볍게 토닥여야겠다.

마음싸개

 가끔 엉뚱한 생각을 한다. 무안한 일을 당할 뻔하다가 한숨 돌리거나, 속 보이는 일을 하려다 마음을 고쳐먹을 때면 내 마음이 밖에 나와 있지 않아 다행이라고 가슴을 쓸어내린다.

 하루에도 몇 번씩 출렁이는 게 마음이다. 별것 아닌데도 이것저것 따진다. 저울눈보다 예민하다. 순식간에 계산하고 지시하고 반응한다. 보이지 않는 곳에서 빛의 속도로 움직이니 따라잡기가 힘들다.

 사람 마음이 눈이나 코처럼 드러나는 곳에 있다면 어떨까. 첫눈에 다 알아볼 수 있으니 머리를 굴리지 않아도 되리라. 마음이나 생각이 계기판처럼 다 드러나니, 사람 사이의 착각이나 오해는 줄어들 것이다. 달콤한 거짓말도 들통 나기 쉬워 배신자나 사기꾼 같은 이도 없을 것이며, 의중을 떠보는 말도 필요 없어질 게 뻔하다. 어디 그뿐인가, 많은 사람들이 척하기 힘들어진다. 점잖은 척, 순수한 척, 여유 있는 척, 자신을 포장하지 않아도 된다. 마음에 없는 염불로 잔머리를 굴리지 않아도 된다. 꽃이나 나무처럼 제 모습 그대로 보여 주면 되리라. 드러나는 대로 보고, 느낌 오는 대로 느끼면 된다.

사람 사이의 은밀함과 그윽함도 줄어들 것이다. 말하지 않아도 통하는 이심전심의 묘미가 사라질 테고, 연인들 사이의 밀고 당기기 작전도 없어지고, 물건 값을 흥정하는 재미도 줄어든다. 인간관계가 단순하다 못해 참 심심하겠다.

마음이 다 드러난다면 우리의 일상도 달라질 것이다. 마음 화장술과 위장술이 인기를 누리겠다. 서점가의 베스트셀러는 이런 책들이 차지하고, 관련 비디오나 피트니센터가 성황을 이룰 것이다. 또 성형외과 의사들은 밥 먹을 시간도 없이 수술에 매달려야 할지도 모른다.

보호 장비 또한 불티나게 팔리겠다. 아주 중요한 만큼 도둑맞거나, 불에 타거나, 물에 젖지 않도록 최고의 장비를 갖추어야 한다. 마음싸개가 필요한 이유이다. 이것 하나로 빈·부·귀·천이 드러난다. 어떤 이는 보석이 박힌 명품으로 치장하는가 하면, 어떤 이는 세계에서 유일무이한 수제품으로 꾸미기도 하고, 또 다른

이는 오래된 반창고로 만족해야 될지도 모른다. 그러고도 모자라 도둑 걱정을 하고 보험 걱정을 하는 이도 생길 것이다.

있으되 쉬 드러나지 않으니 얼마나 감사한가. 첫눈에 보이지 않아서 고맙고, 자리하되 깊이 숨어 있어서 다행이다. 비싼 장비 없이도 잘 여밀 수 있으니 얼마나 간편한가. 도둑 걱정, 보험 걱정을 하지 않아도 되니 이처럼 고마운 일도 없다. 가장 귀하기 때문에 조물주가 깊이 감춰놓으셨나 보다. 마치 보석을 숨겨 놓듯.

또 감사한 것은 마음을 몇 번이고 고쳐먹을 수 있도록 만든 점이다. 잠깐 기우뚱했다가도 제 위치로 돌아오고, 돌처럼 딱딱하다가도 소프트 아이스크림처럼 부드러워지는 게 그것이다. 그래서 신은 깊이 숨겨 놓고 잘 쓸 수 있도록 하셨나 보다.

성서에 '무릇 지킬 만한 것보다 더욱 네 마음을 지키라.'는 말씀이 있다. 모든 것의 근본은 마음이니 이를 잘 지키라는 뜻으로 헤아려 본다. 그래야 영혼을 잘 유지하며 생명을 보존할 수 있다는 말씀이겠다. 네 마음이 중요한 만큼 공평하게, 상대의 그것 또한 귀하게 대하라는 뜻도 있는 것 같아 가끔 주위를 돌아본다.

가장 깊숙이 있지만 깨지기 쉬운, 보이지 않지만 출렁이는 그것을 잘 지키기를 바라는 게 바로 조물주 그분의 뜻이 아닐까 싶어 오늘도 내 마음에게 안부를 묻는다.

그라재이

거울 앞에서 유난히 서성이는 날이 있다. 옷차림이 유행에 뒤떨어진 건 아닌지, 지갑은 두둑한지 신경이 쓰인다. 고향 친구들을 만나러 가는 날이다. 내 자신이 녹슨 유물 같지나 않을까 걱정이 된다. 한물간 사람들이 으레 그러하듯이 내 안에는 아직도 '왕년에는' 하는 심정이 남아 있나 보다.

또래 모임은 벌써 무르익어 있었다. 늦게 도착하여 여기저기 인사를 건넸다. 자리를 잡기도 전에 누군가 나를 끌어안았다. 처음 보는 이였다. 술이 한 순배 돌았는지 눈자위가 벌건 그녀가 자신을 알겠느냐고 물었다. 나는 국으로 웃기만 했다. 모임에 새로운 친구가 들어왔다더니 그녀인가 보다고 짐작했다.

자리에 앉자마자 그녀가 내 쪽으로 옮기더니 붉은 생고기를 디밀었다. 대바구니에서 꺼내든 싱싱한 육회였다. 하도 권하는 통에 억지 춘향 격으로 입에 댔다. 육회는 생각보다 달보드레하고 싱싱했다. 새벽에 차를 달려 함평 우시장에서 골라 왔노라고, 좋은 고기는 링거액 맞는 것보다 몸에 좋다고 자꾸 권했다. 생선회 맛을 알게 된 지도 근자의 일인데, 옆에서 권하는지라 생각보다 많이 먹었다.

고향 모임에 가면 나는 풀밭의 제비가 된다. 중학교 때 떠나온 이후, 고향길을 까맣게 잊어버린 나로서는 어쩔 수 없는 일이다. 그들 앞에서 몇 마디 거들어 봤자 고드름 엿 바꿔 먹는 것과 같으니 실실 웃기만 한다. 여전히 촌놈티를 벗지 못한 내 모습에 자존심이 살짝 상하기도 한다. 열심히 산 것 같은데, 생의 변방을 떠도는 것은 여전하다.

이런 나와는 달리 제법 출세한 축도 있다. 초등학교만 졸업하고 상경했다는 소식을 들었는데 서울에 큰 빌딩도 있단다. 그는 예전의 그가 아니다. 마른버짐 가득한 얼굴로 구구단을 못 외워 나머지 공부를 했던 친구가 아니다. 이제 그는 관록 있고 풍채 당당한 중년신사이다. 이런 친구를 보면 세월이 그냥 흘러간 것이 아님을 깨닫는다.

좌중의 분위기는 떠들썩했다. 시간이 흐를수록 잊고 있던 사투리가 튀어나온다. 처음에는 무슨 말일까 궁금하다가 입 꼬리가 나도 몰래 올라간다. 아, 하는 감탄이 밀려온다. 낭창한 말들이 담벼락을 슬쩍 넘어온 뒷집 애호박 같기도 하고, 잘 익어 출렁이는 수수모개 같기도 하다. 조금은 과장되게 혹은 우스개로 눙치는 사투리가 정겹다. 까마득히 잊어버린 말들을 들을 때마다 입안에서 톡톡 튀는 사탕을 먹는 느낌이다. 작은 알갱이들이 타닥타닥 터질 때의 즐거운 소란처럼 기분이 좋아진다.

그중에서도 '그라재이'란 말은 들을수록 재미있다. 누가 말만 꺼내면 좌중의 친구들이 이구동성으로 '그라재이' 한다. 무슨 추임새 같다. '그'에서 '라'는 반음 올려서 말하다가 '재이' 부분은 두음 정도 내려서 길게 내뱉는다. 들을수록 재미있다. 이 말은 '그래'와 비슷한 말이지만 울림이 더 크다. '네 말뜻을 안다', '네 말에 동의한다'는 뜻이다. 고향 친구에 대한 전폭적인 지지 내지 치하의 뜻이 담겼다. 다시 말하면 그동안 네가 고생한 것을 다 안다는 말이며, 비록 배운 거 없고 가진 거 없어도 네 힘으로 여기까지 온 것을 우리 모두는 기억한다는 말이다. 따뜻한 응원인 셈이다. 그라재이, 그라재이, 듣고 또 들어도 싫증나지 않는 말이다. 이 말을 듣노라면 나 또한 고향 물에 뛰노는 물고기가 된 듯 자유롭고 편안해진다.

최근 들어 새로운 얼굴들이 고향 모임에 고개를 내민다. 그동안 한눈팔지 않고 열심히 살아온 자신에게 보상이라도 하듯 옛 친구 모임을 찾는다. 옛사람들을 만나 잠시 위로받고, 새 힘을 얻기 위해서겠다.

"정말, 나 모르겄냐?"

모임이 파장에 이를 때쯤 그녀가 따지듯 물었다. 초면에 덥석 껴안더니 육회를 내밀던 친구이다. 미심쩍어 하는 그녀 앞에서 또 웃음으로 얼버무려야 했다. 이런 내가 믿기지 않는지 수원아재는 생각나느냐고 물었다. 오촌 당숙인데 내가 어찌 모르겠는가. 대체이 친구는 누구일까.

"내가 니 교복도 챙기고 양말도 빨았는디 그래도 모른다냐?"

어둠 속에서 그녀의 눈빛이 빛났다.

한동안 귀를 기울이고서야 나는 그녀를 안았다. 그랬구나, 그녀였구나. 당숙네 집에서 잠시 살던 친구였다. 지금은 키도 크고 멋쟁이가 되어서 알 수가 없었던 거다.

그 애가 당숙네 집에 온 것은 초등학교를 졸업하자마자였다. 당시엔 입 하나 더는 일도 수월찮은 시절인지라 쌀말이나 받은 죄로 당숙 집에 심부름하는 애로 들어왔다. 나 또한 부모님이 대처로 이사 가는 통에 당숙 댁에서 일 년 넘게 살 수밖에 없었다. 둘다 얹혀사는 입장이지만 나는 중학교에 진학하여 얼레벌레 쏘다니고, 그 애는 하루 종일 잔심부름에 시달려야 했으니 사는 일이 많이 버거웠으리라.

덜렁쇠 같던 나는 그녀의 도움을 많이 받았다. 풀 먹인 하얀 교복 칼라를 솥뚜껑 위에 올려놓고, 혹시 아궁이의 재라도 묻을까 봐 챙겨주던 친구였다. 자신이 여학생이라도 된 양, 내 운동화와 교복을 갈무리했다. 철없는 내가 방을 어질러 놓고 학교로 내빼면 내 빨랫감까지 신경 썼다. 언니 아닌 언니 노릇을 했던 그 애는 천둥벌거숭이 같은 나를 지켜보며 때론 부러워했을 것이며 때론 한심했을 것이다.

그녀는 고향에 대한 기억이 유별났다. 얼레의 실이 풀리듯 예전 일들을 줄줄이 이야기했다. 별다른 감회가 없는 나로서는 그녀의 이야기를 들을수록 빚 진 기분이었다. 남의집살이로 살던 기간이 즐거운 것만은 아니었을 터인데도 잘도 기억하고 깔깔 웃어대는 그녀가 다시 보였다. 불편한 세월과 화해를 한 것 같아 다행이었다. 한편으로는 미안했다. 내가 먼저 그녀를 기억하고 뜨겁게 안았어야 했는데, 그러기에는 내 기억의 잔고가 턱없이 부족했으니.

친구는 고향을 떠난 후에 서울에서 공장 생활을 했으나 결혼과 함께 고향으로 돌아왔다. 그러나 남편을 앞세웠고 혼자 몸으로 자식을 키워야 했단다. 열심히 일한 덕에 큰딸은 출가시키고 남은 자식들도 제 밥벌이는 하게 되어 살 만하다고 했다. 그 말을 듣는 순간, 아차 싶었다. 지난봄에 딸을 출가시킨다는 이가 이 친구였단 말인가. 고향 친구라는데 이름이 낯설어서 그냥 모르쇠 했던 나였다. 그런 줄 알았으면 봉투라도 부탁하는 것인데. 지난 모임에 빠졌을 때, 그토록 나를 찾았다는 이가 바로 이 친구였나 보다.

유난히 나를 찾았던 이유는 무얼까? 사십여 년 만에 나를 만나고 돌아가는 그 친구 마음이 어떤지 궁금했다.

친구들이 떠나간 버스 터미널이 참 낯설어 보였다. 그녀가 손을 흔들며 외치던 소리가 귓전에서 맴돌았다.

"자주 보자. 꼬옥 연락해라 잉."

버스 터미널의 긴 복도를 돌아 나오며 나는 혼자 중얼거렸다.

"그라재이, 그라재이!"

영혼을 연주하듯

오랜만에 비가 내린다.

하늘도 눈물을 흘린다, 생각하니 차가운 비조차 정겨워 보인다.

눈물은 징검다리다. 마음과 마음을 이어 준다. 작은 일에도 눈가가 젖어드는 이를 보면 마음이 다가간다. 젖은 눈빛으로 손을 내밀면 그의 온기가 스며들 것 같아 잠시 마주 보며 고개를 끄덕이고 싶다.

눈물은 견고한 뿌리다. 사람과 사람 사이를 묶어 준다. 누군가를 위해 뜨겁게 울어 보았다는 건 그를 향해 마음의 뿌리를 내뻗었다는 증거다. 그것이 없는 사이는 건조하고 단순하다. 그냥 지나쳐 가거나 쉬 잊힌다. 눈물로 키운 관계는 시간이 흘러도 마음의 잔뿌리가 남아 있어서 둘 사이를 이어 간다. 이 세상에서 눈물 없이 어찌 사랑을 얻고, 눈물 없이 어찌 한 영혼을 얻겠는가.

눈물은 간절한 기도다. 어떤 말로도 표현할 수 없을 때 눈물은 기도를 대신한다. 긴 오열 끝에 내뱉는, 혹은 탄식 후에 절로 쏟아지는 투명한 기도문이다. 극한의 지점에서 신에게 올리는 간구는 말이 필요 없다. 뜨겁게 우는 일로 대신한다. 세상의 모든 어미들은 눈물로 자식을 키운다. 거친 광야를 헤매면서도 아들이 길을 잃지 않는 이유는 어미의 눈물 어린 간구 덕이다.

눈물은 거울이다. 비가 먼지를 쓸어내듯 내 안의 찌꺼기들이 드러난다. 나를 낮아지고 낮아지게 한다. 외롭고 처절한 순간일수록 작은 짐승 같은 내가 보인다. 한없이 약하다는 것, 볼품없는 존재라는 것, 더없는 욕심 덩어리라는 사실을 인정하게 된다. 불투명한 술병처럼, 그것도 깨진 병 조각처럼 나뒹굴고 있는 자신을 볼 때가 있다. 내가 이런데 어찌 타인에 대해 왈가왈부할 수 있겠는가, 한없는 통회의 울림이 몰려오기도 한다. 이럴 때 눈물은 나를 보여 주는 거울이자, 타인에게로 들어가는 열쇠가 된다.

눈물은 곡비이다. 울 수도 없는 나를 위해 울어 주는 누군가를 생각하면 마음이 가벼워진다. 따스한 온기가 스며들어 새 힘을 얻는다. 또 다른 나, 타인을 향한 눈물이 많을수록 세상은 따뜻하다. 이웃을 위해 우는 이는 이 시대의 곡비이다. 그런 가슴들 때문에 아침마다 새로운 해가 뜨고 밤이면 달빛이 찾아오는지도 모른다.

가끔, 마음이 긴 가뭄의 저수지 같을 때가 있다. 여기저기 갈라지고 메말라서 어떤 뿌리도 자랄 수 없을 정도로 삭막하다. 나를 닫아거는 데 익숙한 결과다. 조금만 방심하면 수도꼭지가 열린 듯 눈물이 쏟아질 것 같아 늘 감정의 누수를 조심했다. 어른이 되기 위해서는 어쩔 수 없노라고 마음의 꼭지를 잠그기 바빴다.

나이 들수록 눈가가 촉촉해지는 이가 좋다. 작은 일에도 눈가가 젖어드는 이는 믿음이 간다. 그는 영혼도 부드럽고 말랑해 보인다. 타인의 슬픔에 마음이 기우는 이는 사람 사이의 안전거리 운운하며 거리를 두지 않아도 될 것 같다. 지친 머리를 기대면, 눈물이야말로 삶의 방부제가 아니겠냐며 어깨를 감싸줄 것 같다. 젖은 눈빛으로 손을 잡아 주지 싶어 그 마음의 여백에 기대고 싶다.

잘 울고 싶다. 눈물에 민감하기를 빈다. 내가 누리는 작은 것에도 감사하길, 예기치 못한 실수에 젖은 눈빛으로 사과할 수 있기를, 그리고 타인의 고통에 대해 같이 울어 줄 수 있기를 빈다. 설령 나를 슬프게 하는 이들과 부딪힐지라도, 그 속에서 또 다른 나를 본다면 좋겠다. 살아간다는 것은 연민을 연습하는 길이지 않던가.

때로는 펑 펑 울고 싶다. 한없이 울다 보면 누군가 나를 연주하는 것 같다. 강하게, 느리게, 폭발하듯, 혹은 소리 없는 흔들림이 이어진다. 감정의 오르막과 내리막을 치달으며 격정의 순간을 건

넌다. 긴 오열의 끝, 그 정점에서 알 수 없는 위로의 변주곡이 쌓이고 빛이 스며든다. 가벼워진다, 서서히. 내 안의 늪으로부터 자유로워지고 주위가 명료해진다. 우는 일은 자신의 영혼을 청소하는 것이다. 잘 울어야겠다.

여전히 비가 내린다. 저 비가 세상의 먼지만 쓸어내리는 것은 아니다. 하늘도 기꺼이 눈물을 뿌리시는 이유가 있다.

길 위에서 꾸는 꿈

길은 수천 개의 손을 가지고 있다. 길 위에 서면 어딘가로 떠나고 싶다. 한줄기 바람이 되어 미지의 세계로 날아가고 싶고, 누군가 돌아올 것 같아 길목을 서성인다. 먼 풍경을 끌고 누군가 다시 나타날 것만 같다.

내 안의 봄날은 자운영 꽃길로 시작한다. 그 환한 논둑에 올라서서 대처로 나가는 버스를 한참이나 바라보던 시절이 있었다.

옛날 시골 동네에서 제일 먼저 새벽이슬을 터는 이는 면서기이다. 마을의 유일한 월급쟁이였던 김 주임은 새로 산 자전거를 끌고 바삐 지나간다. 그 후로 한 떼의 아이들이 왁자하게 몰려가고, 아지랑이도 주춤해지는 시간이면 물건들이 느릿느릿 걸어온다.

몸집의 서너 배는 됨직한 나무 용품들을 이고 지고 오는 체 장수다. 입담 좋고 물건 좋은 그는 어디서고 난전을 편다. 우물가면 우물가, 채마밭이면 채마밭, 앉는 곳마다 그의 판이 된다. 어떤 날에는 꼭두새벽부터 흰 두루마기가 길목에 펄럭인다. 근동에서 큰 굿판을 벌이나 보다. 늙은 소리꾼의 쩡쩡한 소리가 거문고 가락에 실려 숲으로 올라가는 날이다.

길은 세상에서 가장 긴 줄이다. 산과 산을 잇고 마을과 마을을 묶는다. 또한 강과 바다를 하나로 열며 들녘과 마을을 빈틈없이 연결한다. 세상의 길은 흐르고 흘러 하나로 합쳐진다. 사람과 사람 사이의 온기를 실어 나르고 사람과 자연을 하나로 잇는 따스한 실핏줄이다.

어린 시절, 햇살이 청보리밭을 서성일 때면 속이 헛헛했다. 대나무 고샅 끝에 젊은 여인이 살았는데, 입이 심심한 나는 동생 손목을 잡고 그 집 토방을 오르내리곤 했다. 군입거리를 얻어먹으며 헌 잡지 쪼가리나 앨범 등을 넘기며 놀았다. 이를 어찌 알았는지 할머니께서 마뜩찮은 표정으로 한마디 하셨다. '뚫렸다고 다 길은 아니다.' 열 살 안팎의 내게는 참 낯선 말이었다. 나중에 안 일이지만 그 젊은 여인은 먼 아재뻘의 소실이었다. 젊디젊은 여인이, 그것도 배웠다는 서울 여자가 남의 소실이 되어 후미진 집에 박혔으니 못마땅하셨나 보다. 한참 후에 생각해 보니, 할머니 말씀이 꼭 그 집 골목만을 가리킨 건 아니라고 짐작된다. 길 뒤에 이어진 또 하나의 길, 즉 삶에 대해 말씀하신 게 아닐지.

누구나 길 위에 서 있고, 자신의 길을 간다. 그가 건너온 시간 속에는 그만의 그림자가 있고 우연이든 운명이든 지난 흔적들이 있다. 난해한 지도 같은, 버릴 수 없는 십자가 같은, 혹은 고독한 물음표 같은 시간들을 채우며 사람들은 길을 간다. 사는 한 스스로가 통과해야 하는 노정이다. 길이 바로 그 사람이 된다.

길 위에서 누군가를 만난다. 사는 게 허허로워 손을 맞잡고 어깨동무를 한다. 어떤 길은 서로를 잇는 연결고리가 되고, 사람이 모이는 광장이 되기도 한다. 그러나 어떤 길은 허방다리에 불과하다. 길 밖의 길인 것이다.

요즘 들어 나를 돌아보는 횟수가 늘었다. 평생 한길을 걸어왔던 남편이 새로운 길목을 서성이고, 아이들은 자신만의 날개를 펴는 중이라서 더 그렇다. 이쯤에서 내 삶에도 중간 결산이 필요하지 싶은데. 시인 서정주는 '마흔 다섯은 귀신이 와 서는 것이 보이는 나이'라고 했지만 그 나이를 훨씬 넘어섰는데도 나는 할 말이 없다. 길을 잃은 아이처럼 막막할 뿐이다.

인생이 자운영 꽃길만은 아니라는 걸 이미 배웠는데도 사는 일에 서툴다. 많은 시간을 길에서 보냈다. 시간이 화수분처럼 쏟아지는 것도 아닌데, 대책 없이 걷기만 했다. 직진해야 될 길에서 우왕좌왕했고, 방향 틀기를 고민하다 기회를 놓치기도 했고, 들어서지 않았으면 좋았을 진흙탕을 건너오기도 했다. 갓길도 없는 외길이다 보니 여독이 밀려온다. 이미 건너온 시간의 강물을 되돌릴 수 없어 젖은 바짓단을 말리며 서 있는 셈이다.

길은 걷는 자의 것이다. 길이 아닌 곳에도 새로운 길이 숨어 있다. 다만 삶에 지쳐 그 길을 찾아내지 못할 따름이다. 어디로 가고 있는지를 아는 한, 세상 어디를 가더라도 길을 찾아낼 것이다. 여독에 지친 몸일지라도 앞으로 나아가야 한다고 스스로를 달래는 이유이다.

누군들 지나온 생이 고속도로 같기만 하겠는가. 다들 나름대로 구절양장의 시간들을 보냈을 터이고, 소설 몇 권은 족히 쓸 만한 사연들을 갖고 있으리라. 거저 얻은 생명이라고 아무렇게나 보내고 가는 이는 없다. 그런데도 참 막막할 때가 있다. 바다 앞에 서 있는 것 같다. 그것도 빙하와 얼음들이 둥둥 떠 있는 남극해 앞에 서 있는 느낌이라니.

이런 날이면 눈을 감고 혼자 생각한다. 한 척의 배를. 커다란 얼음 사이로 도도히 나아가는 쇄빙선, 세상의 무엇과도 타협하지 않고 자신의 길을 헤쳐 가는 그것이다. 막힌 장애물을 뚫고 스스로 길이 되어 나아가는 한 척의 쇄빙선을 그린다. 상상만으로도 힘이 난다.

먼 훗날, 막막한 이 시간들을 되돌아보면 지금의 행로가 내 삶에서 가장 빛나는 길목이었음을 확인하고 싶다. 힘을 내서 바다를 건너야 하는 이유이다.

다시 한 번, 내가 가야 할 길을 생각한다.

쓸쓸한 독백

맥반석 위의 오징어구이를 아시는지요?

내 자신이 그렇게 보일 때가 있습니다. 뜨거움에 까무룩할 때마다 이게 꿈인가 싶어 지난 시간들을 돌이켜 봅니다.

처음에 세상에 나왔을 때만 해도 하늘로 날아갈 듯했지요. 멋진 양장으로 치장하고, 유명 인사의 덕담까지 곁들이니 세상 부러운 게 없었거든요. 박수 받는 일만 남았지요. 조금만 지나면 세상이 발칵 뒤집히리라. 좋은 책에 쏟아지는 찬사와 환호, 생각만으로도 흥분되었습니다. 그러나 시간이 지날수록 장마 후의 돌담처럼 흔들리고 있는 내 자신입니다.

나무로 서 있던 때가 좋았을까요. 맑은 햇살과 비늘구름 아래 팔랑이던 날들은 평화로웠지요. 그러나 수많은 나뭇잎과 새소리와 몇 겹의 그늘을 품고 살면서도 속이 허했습니다. 깊은 밤마다 은가루를 뿌려 대는 별들, 어두울수록 빛나는 그것들을 보면서 미지의 세계를 동경했습니다. 나도 잘 여문 민들레 씨앗처럼 혹은 산사의 종소리처럼 누군가에게 날아가고 싶었습니다.

나무에서 종이로 태어난 걸 알았을 때는 날개에 대한 꿈이 이뤄진 것 같아 기뻤습니다. 멋진 신세계가 열린 셈이랄까요. 끝없이 펼쳐진 순백의 들판, 그 위에 생각의 집을 짓고 환한 길을 만들며 원하는 세상을 세울 수 있다는 상상만으로도 벅찼지요.

어느 날, 그녀가 나를 찾았습니다. 기다리던 순간이 온 것입니다. 그윽한 눈길로 바라보다 와락 끌어안을지도 모른다는 상상을 하는데 난데없는 열기가 덮쳤습니다. 뜨겁고, 시커먼, 라면 그릇이었습니다. 무례하기 짝이 없는 그릇 엉덩이에 깔려서 천불이 났습니다.

"나는 책이다!"

아무리 외쳐도 공허한 울림뿐이었습니다. 불그죽죽한 라면 국물이 멋진 겉옷에 튀었을 때는 기가 막혔습니다. 이건 경우가 아니라고 소리 질렀지만 그녀는 라면을 먹으며 전화에만 매달려 있었지요.

"글쎄, 문학관 이층에 필사본들이 쭉 진열되어 있더라. 한 자 한 자 옮겨 쓴 노트뭉치들을 보니까 말이 필요 없더라고. 얼마나 대단하면 읽는 것도 모자라 통째로 베끼기까지 하겠니."

그녀는 모 작가의 문학관을 다녀온 모양입니다. 그곳에 진열된 필사본들을 보고 감동을 받은 게지요. 가벼운 손 편지 하나 쓰는 것도 힘들어하는 시대에 대하 소설을 베끼다니요. 작품에 대한 감동과 글쓴이에 대한 믿음 없이는 따라 하기 힘든 작업이지요. 독자로서 최고의 찬사겠죠. 그래요, 그 유명한 작품이 우러러 보였습니다. 마치, 밤하늘의 별처럼요.

언감생심, 한 시대를 대표하는 걸작과 비교하겠습니까만 뜨건 국물에 찌든 내 자신이 초라하기 짝이 없습니다. 누구는 주인 잘 만나 가문의 영광으로 빛나는데 누구는 구박 덩어리 신세인가 싶어 입맛이 씁쓸하더군요. 책장 속의 친구들이 부러운 것도 사실입니다. 얼마나 당당하고 우아한지 태생이 귀족처럼 보입니다.

대체, 좋은 글이란 무엇일까요? 한 편의 글에서도 우주의 질서와 삶의 신비를 드러낼 수 있어야 하나요. 작가의 상상력과 통찰력이 면면이 녹아 있어야 하나요. 아니면 동시대를 살아가는 이웃으로서 영혼의 고해소나 감정의 세탁소 정도는 되어야 할까요. 또는 해박한 지식과 촌철살인의 위트도 필요한가요.

나를 이 세상으로 보낸 그를 떠올리면 여러 생각이 스칩니다. 그는 오늘도 투망질을 하고 있을 테지요. 세상이라는 바다를 향해 생각의 그물망을 던지고 또 던지겠지요. 수시로 변하는 풍경 앞에서 그가 할 수 있는 일은 언어의 낚시질인지도 모릅니다. 외진 자리를 탓하지 않고, 낡은 그물코를 핑계대지 않으며, 마음을 기울이고 있을 테지요. 화들짝 튕겨 오를 싱싱한 손맛을 기다리며. 사념의 바다가 허락한 순간의 탄력을 맛보기 위해 그는 오늘도 생각의 그물코를 놓지 못하고 있을 겁니다.

누군가 그랬다지요. '글은 내가 쓰는 것이 아니라 신이 내 어깨를 움직여 쓰는 것이다.'라고요. 이 말에 동의하시는지요? 얼마나 많은 과정을 거쳐야만 내가 쓰되 나만의 글이 아닌 신의 도구가 될 수 있을까요. 그 절묘한 순간을 만나기 위해 글 쓰는 이는 매일매일 자신을 벼리는지도 모릅니다. 생각의 그물망을 던지고 또 던지는 일을 반복하는지도 모릅니다.

이제 기다림을 배우려 합니다. 라면 받침으로 굳어지든지 재활용 코너에 내몰리든지 슬퍼하지 않겠습니다. 별처럼 빛나는 것들을 기다리겠습니다.

다음 생에는 그럴 수 있을까요? 아니, 몇 생은 감수해야 할지도 모른다고요. 그래도 기다리겠습니다. 왜냐면, 세상에서 정말 괜찮은 책이 되고 싶으니까요.

일기장을 부탁해

"부탁이 있어."

친구는 몹시 우울해 보였다. 큰 수술 날짜를 잡아 놓은 그녀였기에 여러모로 힘든 시기였다. 그런데 부탁이라니. 내 정신이 번쩍 들었다.

"혹시, 혹시 말이야. 내게 무슨 일이 생기걸랑 일기장을 부탁해."

내심 긴장했는데 일기장이라니, 가벼운 마음으로 대답했다. 사랑하는 아이들도 아니고, 애지중지하는 강아지도 아니고. 그녀는 일기장이 마음에 걸렸던 모양이다.

그러나 유감스럽게도(?) 그녀의 일기장에 대해서 어떤 권리도 행사할 수 없었다. 수술은 잘 진행되어 만일의 경우는 일어나지 않았고, 지금까지 그녀는 건재하다.

나도 일기장을 정리한 적이 있다. 결혼 전, 담 밑에 쭈그리고 앉아 그것들을 태우는데 기분이 묘했다. 한 장 한 장 종이쪽을 읽다 보니 불이 사그라지는 줄도 몰랐다. 군대 간 친구가 보낸 편지, 여행 중인 친구가 보낸 엽서 뭉치들도 함께 태웠다. 당시로서는 애틋한 사연들이었다. 새로운 역사를 쓰기 위해 추억 보따리를 연기와 바꿔버린 나름대로 비장한 의식이었다. 하얀 설원에 깨끗한 발자국을 남기고픈 젊은 날의 순수였는지도 모른다.

결혼 이후로도 가끔 일기를 쓴다. 감정의 찌꺼기를 걸러 내고, 자신을 객관적으로 비춰 보고 싶을 때면 끼적인다. 언젠가부터, 내 일기장은 책상 위를 굴러다닌다. 은밀할 것도 없고, 숨겨야 될 만한 스토리가 있는 것도 아니니 가계부나 다름없다. 나도 누군가에게 '일기장을 부탁해'라는 말을 하고 싶은데, 안타깝게도 그럴 필요가 없다.

가끔 생각한다. 그때 내 친구의 일기장엔 어떤 내용이 있었을까? 죽을 때까지 간직하고픈 스토리라도 있는 게 아닐까. 어쩌면 한국판 '매디슨 카운티의 다리'가 적혀 있을지도 모른다.

가을은 가을이다.

또 하나의 우물

오랜만에 내리는 비인데도 반갑지 않다. 마음은 콩밭에 가 있나 보다. 대청호 주변이 긴 가뭄으로 속내를 드러내고 있다는 말을 듣고부터다.

옥천 못 미처 어부동 쪽으로 길을 꺾으면서 눈이 환해졌다. 비가 개니 바람도 연초록이었다. 각각의 녹색들이 호수에 제 그림자를 풀어놓고 있었다. 바람이 불 때마다 노란 꽃들이 물결쳤다. 마치 까르르 웃는 아이들 같았다.

긴 가뭄 끝에, 물에 잠겼던 마을이 밖으로 드러났다. 수몰지 구의 옛 모습이 보인다. 광산김씨들이 삼백여 년 가까이 살아왔 던 안골 마을이다. 무너진 돌담길이 먼 시간 속으로 들어가는 길을 풀어놓고 있다. 고만고만한 집터가 보이고, 꼬리를 잇는 고샅이 보이고, 텃밭이었을 평평한 터가 들어나 있다. 저것들도 한때 누군가의 소중한 터전이었으리라. 장독대에는 깨진 옹기그릇들이 납작 엎디어 있고, 벌겋게 녹슨 공구가 입을 벌리고, 인적 끊긴 길에는 낡은 구두짝이 코를 땅에 박고 있다. 미처 챙기지 못한 것이 어디 그것들뿐이겠는가. 아무렇게나 잘린 나뭇등걸 위에 앉으면 옛사람들의 이야기가 두런두런 들려올 것만 같다.

길과 길이 만나는 곳에 둥근 우물이 보인다. 대청호가 끝까지 키우고 있었나 보다. 호수는 말랐는데도 그것은 제자리를 지키고 있다. 물속에서 무엇인가 일렁인다. 내 그림자를 흔들어 대며 고개를 내미는 물고기다. 녀석들도 바깥세상이 궁금한가 보다. 물에 비낀 그림자 뒤로 고향의 샘터가 떠오른다.

고향의 샘터는 늘 북적거렸다. 동네 모정이 남정네들의 놀이터라면 공동 우물은 여인네들의 사랑방이었다. 여인들은 한 번의 두레박질로도 제 마음을 풀어냈다. 동심원을 그리며 퍼져 나가는 것은 물의 파문만이 아니다. 지난밤 심사가 편치 않던 뒷집 아짐은 밤새 푸닥거리에 지친 당골어미 낯빛인데, 새로 제금 난 새댁 얼굴은 해당화처럼 환했다. 흘러 보내고 흘러가는 것은 물만이 아니었다.

열 살쯤이었을까, 나는 우물 앞에 서 있었다. 봄을 맞이하여 우물 소제를 하기 위해서다. 내 키의 두 배가 넘는 아래를 내려다보면 등짝이 선득거리고 발가락이 오그라들었다. 미끄러운 돌과 돌 사이를 딛고 우물 밑으로 내려가면 진땀이 났다. 자칫하면 굴러 떨어진다. 숨을 죽여야 한다. 끝도 모르는 어둠 속으로 들어가는 기분이었다. 겨우, 두 발을 우물 바닥에 디디고 하늘을 올려다보면 바깥의 어머니 얼굴이 왜 그리 멀게 느껴지던지, 웅웅거리는 울림은 또 얼마나 크던지.

우물 바닥에는 여러 가지 물건들이 숨어 있었다. 밥알인지 콩알인지 모를 만큼 퉁퉁 불어서 미끄덩거리는 것, 몽당 숟가락, 찌그러진 양푼이 손에 잡혔다. 지난가을에 빠트린 머리핀도 보였다. 정신없이 바닥 청소를 하노라면 물구멍이 발바닥을 간질였다. 몽실몽실한 게 장난기 많은 강아지 같다. 그러나 쉴 새가 없다. 물줄기가 복사뼈를 타오르기 전에 일을 끝내야 된다. 바닥이 투명한 유리창 같을 때까지 허리를 펼 수가 없다. 마침내, 지상으로 올라와서야 긴 숨을 몰아쉴 수 있다. 맑은 물꽃이 피어나는 것을 바라보면 내 안에서도 무엇인가 차오르기 시작했다.

중학생이 된 이후로는 그 안에 들어갈 수가 없었다. 초경을 시작한 아이를 청정한 물에 들여보내는 일이 부정 타는 일이었는지, 덩치가 커져서 운신하기가 어려워서인지는 잘 모르겠다. 대신, 우물을 들여다보는 일이 잦았다. 이유 없이 슬퍼지는 날에는 물속에 비친 내 그림자를 들여다보곤 했다.

그 아이가 낯선 동네의 옛 우물터에 앉아 있다. 구름이 몇 번 몸을 바꾼 것 같은데, 사십여 년의 세월이 흘렀다.

　우물 속의 한 사람이 말을 걸어온다. 어쩌면 우리네 삶도 우물 속으로 들어가는 일과 비슷하지 않았느냐고. 한 발 한 발 조심스레 내딛으며 살던 시간들이다. 조금만 헛짚으면 미끄러지기 십상이었고, 바닥에 내려서도 끊임없이 움직여야 했다. 차오르는 물을 퍼내듯 시간을 퍼내고, 마음을 퍼내고, 무엇인가를 퍼내야 했다.

　인간이야말로 걸어 다니는 우물이 아닐까 싶다. 살아 있는 한 끊임없이 퍼 올리고 흘러가야 한다. 고여 있으면 깨끗할 수 없다. 낮은 곳으로 흘러가서 또 다른 것들을 품을 수 있을 때 움직이는 물이 된다. 우물이 늪과 다른 것은 쉴 새 없이 내뿜고, 퍼내고, 흘려보내기 때문이다. 그래야만 늘 살아 있는 물이 된다.

　어디선가 뻐꾸기 소리가 몰려왔다. 물고기들이 놀란 듯 구름 사이로 사라져 갔다. 우물 속에 잠긴 내 그림자가 잘게 부서졌다.

　돌아오는 발걸음에도 찰랑이는 물소리가 따라붙었나, 마음이 한결 가볍다.

그해 겨울

산골의 겨울 해는 노루 꼬리만 하다. 눈밭 위에서 미끄럼을 타던 해가 산등성이로 기어들면 어둠은 마을을 감춰 버린다. 막차가 지나가기도 전에 집집마다 등을 밝히기 시작하고 불빛들은 어둠을 밀어내기 바쁘다. 하얗게 얼어붙은 길을 더듬으며 누군가 낯선 처마 밑으로 기어들고, 그렇게 하룻밤을 신세지는 일이 큰 폐가 되지 않던 시절이었다. 내가 초등학생 때의 일이다.

눈발이 휘모리장단으로 몰아치는 저녁 무렵이었다. 읍내에서 돌아오신 아버지의 얼굴은 불콰했고, 그 뒤에 웬 낯선 이들이 서 있었다. 대청마루에 내걸린 남폿불 따라 두 개의 그림자도 흔들리고 있었다. 그날 밤 사랑방 굴뚝에선 밤늦도록 연기가 피어올랐다.

날이 밝기가 무섭게 떠날 줄 알았는데 어인 일인지 그들은 눌러 앉고 말았다. 근동에서 밥술이나 먹던 아버지는 젊은 남녀에게 거처를 마련해 주었고 집안일을 거들게 했다. 일종의 더부살이였다. 자태가 매초롬하고 말수가 적은 여자와, 절간에서도 새우젓을 얻어먹을 것 같은 남자의 산골 생활이 시작되었다.

아침마다 거울처럼 반들거리는 눈길 위로 물통을 지고 가는 남자의 뒷모습은 불안했다. 물을 절반이나 흘린 채 뒤뚱뒤뚱 걷는 모습이라니. 바라보는 이의 마음조차 출렁거렸다. 그나마 겨울에는 큰일이 없는 게 다행이랄까. 소여물 쑤어 먹이고 마당의 눈이나 치우고 어영부영하노라면 하루해가 꼴깍 넘어갔다.

오도 가도 못하게 마을 전체가 폭설에 갇혀 버리면 남자 어른들은 사랑방에 모여 새끼 꼬는 게 고작이었다. 그러다 햇살이 양달을 넓혀 가면 초가집에 이을 용머리나 담장 덮을 이엉을 만지작거리기도 했다. 이엉이야 가을에 이면 좋으련만 일이 많은 우리 집은 때를 놓치기 일쑤였다. 젊은 남자는 큰일꾼을 따라서 이엉 만드는 법을 배웠다. 촌 일에 잔뼈가 굵은 큰일꾼은 칭찬 반 으름장 반으로 새끼 꼬기부터 가르쳤고, 숱한 잔소리 속에서도 그는 짬짬이 유행가 가락을 흘렸다. 무엇이 그리 좋은지 환한 얼굴이었다.

남자의 목소리가 커지는 것에 비해, 여자는 방에서 나오지 않는 시간이 길어졌다. 라디오만 끼고 살았다. 얼굴엔 잔설 같은 그늘이 쌓이기 시작했다. 군불을 때다가도 울 밖을 쳐다보는 횟수가 늘어가고, 무엇에 놀란 듯 진저리를 치기도 했다.

입이 심심한 이들이 좋은 사냥감을 그냥 둘 리 없었다. 날이 갈수록 동네 아지매들의 입방아는 분주했다. 고개를 외로 꼬아보곤 했다. 암만 봐도 막 살아갈 인생 같진 않은데 제대로 된 살림붙이가 없는 것하며, 동네 사람들과 말을 섞으려 하지 않는 것하며 도무지 이상타는 것이었다. 정분나서 야반도주한 게 분명하다고 말에 심지를 박는 이도 있었다. 거기다 입이 거방진 어느 아지매는 '혹시 간첩이 아닐까' 수군거리기도 했다. 당시엔 '반공 방첩'이란 붉은 글씨가 방방곡곡에 도배되던 시절이라 간첩이란 소리는 잠자던 아이들도 벌떡 일어나게 했다. 그런데 내놓고 간첩 운운하니, 나는 소름이 돋았다.

열 살을 갓 넘긴 나는 호기심 가득한 눈빛으로 그녀 주변을 맴돌았다. 언니가 없던 내게 그녀는 특별했다. 서울 말씨를 쓰는 데다 백납같이 하얀 얼굴이며 고운 손가락이 동네 언니들하곤 달랐다. 찌그러진 양은그릇과 양잿물 냄새나는 비누에 익숙해 있던 내게, 그녀는 상큼한 세숫비누 같았다. 아릿한 향내가 났다. 그러나 겨울이 깊어 갈수록 섬처럼 에도는 이였다. 말 많고 거친 시골 여인들과 말을 섞을 수도 없거니와 또 그들의 얄궂은 눈치에 시시콜콜 응대하기도 어려웠으리라. 그래도 가끔 내겐 곁을 내주었다. 햇빛 잘 드는 쪽마루에 걸터앉아 머리를 땋아 주거나 공깃돌 놀이를 상대해 주기도 했다. 그러다가도 어느 순간 긴 숨을 몰아쉬는 그녀를 볼 수 있었다.

해토머리쯤이었다. 그들이 온다 간다 소문도 없이 사라져 버린 것은. 마늘밭가의 작은 집엔 적막이 가득했다. 믿기지 않았다. 찢어진 창호지 구멍으로 방 안을 들여다보니, 거무스름하게 눌어붙은 아랫목이 주인 노릇을 하고 있었다. 갑자기 등이 시렸다. 방문을 열어 보지도 못하고 문고리만 만지작거렸다. 등이 휜 놋수저가 문고리에 매달려 딸그락거리는 모습이 꼭 내 마음 같았다.

덜컹거리는 마음을 다잡고 돌아서는데 섬돌 위의 비눗갑이 눈에 들어왔다. 한참을 바라보았다. 어쩜 그녀는 '떠남'에 대한 눈치를 흘렸을 수도 있는데 어린 내가 깨닫지 못했던 것일까. 아니면 정말 연기처럼 사라지기로 작정했던 것일까. 산 지 얼마 되지 않은 분홍 비눗갑을 보노라니 나도 버림받은 것처럼 쓸쓸했다. 차라리 하나도 남김없이 챙겨 갔더라면 덜 서운했을 터인데. 그 갑이 빈 집 같았다. 동네 사람들이 수군대던 대로 그들은 새로운 둥지를 찾아 단봇짐을 싼 것인지, 아니면 각자의 길을 찾아 나서기로 한 것인지 못내 궁금했다. 종잡을 수 없는 생각이 거품처럼 부풀어 올랐다.

이제, 긴 세월이 흘렀다. 어디서 우연히 만나게 되더라도 알아볼 수 없으리라. 그런데도 옛날 일들이 흑백 영화처럼 아련하게 떠오르는 것은 무슨 연유인지. 남도 지방에 폭설이 내린다는 일기예보 때문일까, 아니면 욕실에서 풍기는 새로운 비누 향기 때문일까.

사랑이란 무엇인지 생각해 본다. 뼈가 으스러져라 자신을 덜어 내고 깎아 내면서도 끝까지 보듬어 주는 것이 사랑인가. 혹은 부스러기가 될 각오로 마지막까지 향기와 거품으로 품어 주는 것이 사랑인가. 아니면 자칫하면 떨어져 내리고 마는 미끄러운 것이거나, 오랫동안 물에 닿으면 퉁퉁 불어 제 몸을 한없이 해체해 버리는 까다로운 존재인지도 모른다. 저 비누처럼.

봄눈처럼 사라졌지만 어느 하늘 아래선가 그들도 뿌리를 내렸으리라. 눈보라를 피해 마을로 내려오던 야생 동물처럼, 생의 허기를 모면하기 위해 낯선 마을로 찾아들었던 젊은 남녀였다. 눈이 걷히고 요기가 되면 다시 산속으로 올라가던 노루나 들꿩처럼 그들도 자신의 삶 속으로 돌아갔을 것이다. 수십 년 전, 전라도 산골 마을에서의 겨울 한 철을 기억이나 하고 있는지. 새삼 궁금해지는 이유는 또 무엇일까.

아침부터 하늘이 잠포록해지고 있다. 이 도시에도 눈이 펑펑 내리면 좋겠다.

늙은 도마

시아버님 제사가 여름 휴가철에 끼여 있다. 때가 때인 만큼 제수를 준비하는 일부터 남은 음식을 보관하는 일까지의 과정이 만만찮다. 제사를 모시고 난 후, 숨 좀 돌리려는 참이었다.

"장아찌 좀 싸 주세요!"

땀에 젖은 고무장갑을 벗고 샤워라도 하려는데 시누이의 주문이 날아들었다. 제사 음식도 남아도는 판에 무슨 소리인가 싶었다.

시누이가 몽골로 여행을 가는데 장아찌를 싸 가지고 갈 모양이다. 그 먼 여행에 웬 장아찌인지 입맛도 참 별나다. 여행 중에 현지 음식을 맛보는 기쁨이 얼마나 큰데, 속으로 중얼거리는 내 마음을 아는지 모르는지 어머니의 눈빛이 빛났다. 누구에게 뭐랄 것도 없이 찬광으로 가는 문을 여신다.

어머니는 주방에서 물러나신 지 제법 되었다. 오십 년 근무하다가 명예퇴직하고 십 년째 안식년을 보내고 계신다. 그래도 구관이 명관이라고 당신 솜씨를 따라잡기가 힘들다. 특히 무짠지를 썰 때면 노장의 솜씨는 살아 있다. 눈동냥으론 따라갈 수 없는 당신만의 비법이 숨어 있다.

무장아찌는 된장에 절여져서 물기가 빠진 터라 얌전히 썰리지 않는다. 비들비들한 통무를 가지런히 썰어서 다시 채썰기를 하다 보면 칼잡이의 내공이 드러난다. 어머니의 채 써는 솜씨는 한석봉 어머니 저리 가라다. 성냥개비 크기로 썰어진 무장아찌는 당신만의 특허나 다름없다. 한입 먹으면 오돌오돌하고 쫄깃한 게 참 맛나다. 채소가 이리 찰질 수 있을까 싶다.

"살아 있네!"

무장아찌를 한입 넣자마자 시누이가 한 말이다. 두 눈이 벌써 초승달로 변했다.

시누이는 세 아이의 엄마다. 천둥벌거숭이 같은 삼 남매를 기르며 직장 생활을 한다. 그런 그녀가 고약한 병에 걸린 적이 있다. 어깨를 덮던 긴 머리카락이 빠져나가고, 반복되는 구토로 힘든 시간을 보내야 했다. 어느 누구보다 싱싱하게 살아야 할 그녀이다. 막내딸은 어느 집에서나 꽃이지 않던가. 나이가 들어도 막내딸만이 가지고 있는 귀여움과 풋풋함이 필요한 이유다.

젊은 딸이 고약한 병에 걸려 고생하는 모습을 지켜보며 어머니는 말을 아끼셨다. 냉정할 정도로 침묵했다. 혹시라도 입방정을 떨어 부정이라도 탈까 봐서 그러셨나 보다. 대신, 일을 찾아 여기저기 기웃거리셨다. 옥수수가 열리기도 전에 텃밭을 서성이고 마늘대궁이 올라오기도 전에 호미를 찾아들었다. 그렇게 몇 년을 헤매고 다니셨다. 팔순을 바라보는 어른이 절로 나오는 한숨을 삭이는 그 심정이 어땠을까.

도마 앞에 앉아 있는 어머니가 오래된 수묵화처럼 그윽하다. 얼마만인가. 정성스레 칼질을 하는 어머니다. 병마를 떨쳐 버리고 여행길에 오르는 딸을 위해 기도하는 심정으로 장아찌를 써는 어른이다. 어머니의 둥그스름한 등이 도마의 등판과 닮았다. 둘 다 완만한 포물선을 그리고 있다. 한쪽 등은 굽어서 휘어진 것이고 다른 한쪽은 닳아 없어진 것이지만 오랜 친구처럼 비슷해 보인다.

한때 저 도마도 평평하고 깨끗한 처녀목이었을 것이다. 칼자국 하나도 함부로 낼 수 없을 정도로 맑은 나뭇결이었겠다. 사람만 나이를 먹는 것이 아니다. 물건도 나이를 먹으면 늙는다. 도마의 정갈한 목리가 흔적도 없이 사라지고, 자잘한 흠집들이 또 다른 무늬를 만들고 있다. 칼날 자국들이 수많은 빗금으로 남아 있다. 문지르고 닦아 내도 감출 수 없는 세월의 흔적이다.

저 도마도 숱한 칼날을 품었으리라. 제 한 몸 순순히 내놓고 칼을 피하지 않았을 것이다. 자신을 온전히 드리지 않으면 견딜 수 없는 세상이다. 자르고, 내려치고, 다지는 과정을 참아낸 도마는 순한 짐승처럼 누워 있다. 상처와 흔적이 만들어 낸 부드러운 등이다. 그 둥근 몸피로 허공을 받치고 있다.

살아 있는 한 누구도 시간의 칼날을 벗어날 수 없다. 누구는 난타로 이어지는 시간들을 견뎌 내고, 누구는 단숨에 내려친 일격을 통과하고, 혹자는 살금살금 스쳐 가는 칼질에 길들여지기도 한다.

나도 어머니의 도마를 닮아 간다. 당신의 손맛은 못 배우고 모양새만 늙은 도마처럼 변해 간다. 삶이 던지는 칼날 속에서 내가 얼마나 둥글어지고 있는지 궁금하다.

어머니의 솥

밥솥에 보름달이 걸렸다. 오랜만에 따끈한 보름달을 건네는 어머니 얼굴이 환하다. 유난히 누룽지를 좋아하는 아들 얼굴에도 미소가 번진다.

아들 내외가 다니러 온다는 전화에 솥을 먼저 챙겼을 어머니가 눈에 선하다. 전기밥솥 대신 재래 솥을 찾아서 쌀을 넉넉하게 안쳤을 어머니, 생각 같아선 뒷마당의 커다란 솥에 장작불을 때고 싶었으리라. 예나 지금이나 누룽지를 좋아하는 아들을 위해 어머니는 가마솥의 김을 뜨겁게 내뿜고 싶었을 것이다. 씩씩하게 달리는 증기기관차처럼.

한때 어머니에게도 커다란 솥을 서너 개씩 동시에 진두지휘하던 시절이 있었다. 대가족의 삼시 세끼뿐만 아니라, 철철이 놉 밥에 새참까지 챙겨야 했다. 팽이처럼 돌아가는 촌살림이었지만 어머니 손맛은 호가 났다. 건건이도 간이 맞는데다 깔밋해서 구미를 당기게 하는 솜씨였다. 덕분에 우리 집은 놉을 얻는 일이 수월했다. 달포마다 찾아오는 보따리장수도 빈속으로 보내지 않았다. 비린내나 들척지근한 조미료는 질색인 그네 식성을 아는 이는 동네에서 어머니뿐이었지 싶다.

몇 년 전에 시골집을 현대식으로 고치고 난 후, 헌 살림은 죄다 밖으로 내보내는데 어머니 눈엔 신주단지로 보인 물건이 있었으니 오래된 가마솥이다. 그까짓 것, 엿이나 바꿔 먹자고 했을 때도 한사코 손사래를 치셨다. 뒷마당으로 내쫓긴 가마솥의 먼지를 쓸어 내고, 기름을 발라 주며 윤기를 내는 일도 어머니 몫이었다. '녹은 쇠에서 생긴 것인데 정작 그 쇠를 먹는다'는 옛말을 읊으시며 솥을 챙기셨다. 큰 솥을 쓸고 닦으면서 어머니는 자신의 마음과 시간을 닦아 내셨나 보다.

어머니에게 솥은 무엇일까. 기도의 장소이자, 희망의 통로였을 것이다. 아침마다 기원하는 마음으로 아궁이에 불을 지폈으며 소박한 감사로 솥을 채웠던 어른이다. 생쌀이 그냥 밥이 되지 않고 잡뼈가 마냥 진국이 되지 않듯, 어머니는 솥을 채우기 위해서 소태같이 쓴 울음을 삼키기도 했고 생솔가지처럼 혼자 쿨럭이기도 했다.

무쇠 솥뚜껑을 여닫으며 하루를 열고 닫던 어른, 당신은 지금도 솥을 솥단지라 부르신다. 이는 단순히 물건을 담고 익히던 그릇의 의미가 아니라, 아름다운 변환을 꿈꾸던 상징으로 보인다. 사람을 살리는 밥, 희망을 익히는 단지, 세상을 끌어안는 기쁨의 둥지 같은 것은 아니었는지 생각해 본다.

어머니는 우리들이 고향집에 가면 큰솥에 불을 때신다. 신식 주방에서 브르르 익히는 것은 미덥지 않은지 뒷마당에서 혼자 분주하시다. 솥뚜껑을 열었다 닫았다, 하다못해 물이라도 끓이신다. 그렇게 불을 때면서 지난 시간 속으로 잠시 여행을 떠나는지도 모른다. 아궁이에 잉걸불이 가득했던 시절, 마당엔 아이들 함성 소리가 드높았고, 사랑방엔 어른 신발들이 수북했던 그 시절을 추억하시나 보다.

불을 때는 어머니의 모습은 낡은 풍경화 같다. 쓸쓸하지만 평화롭다. 평상시엔 눈에 들어오지도 않던 뒷마당의 풍경들이 살아 움직인다. 대나무 사이로 술래잡기하는 새들이 보이고, 하늘을 굴뚝 삼아 흩어지는 연기도 한가롭다. 입 벌린 채 낮잠에 빠진 장독들까지 눈에 들어온다.

요즘 들어 화덕 앞에 앉아 있는 어머니의 모습은 젖은 장작 같다. 굽은 등 위로 적막이 한 짐 지워져 있다. 뒷모습이 무겁고 어둡다. 불 지필 일이 줄어들어서일까, 아니면 갈수록 몸피가 오종종해져서일까.

대처로 다시 돌아가야 하는 아들 앞에 어머니는 김치 보따리와 누룽지를 건네신다. 그리고 나직이 던지는 한마디.

"내 살아 있을 때뿐이다."

갑자기, 내 가슴이 썰물이 지나간 바다 같다. 아버님이 이승을 떠나신 이후 자주 듣게 되는 소리다. 자식들은 바지랑대에 매달린 잠자리처럼 자기 삶에 급급한데도 어머니는 자신의 겨울을 대비하기보다는 아들네의 가을이 걱정되시나 보다. 무엇인가 더 줄 것이 있는지 찬광으로 급히 발걸음을 옮기신다.

'내 살아 있을 때' 그 소리, 죽비가 되어 나를 후려치고 있는 밤이다.

흔들리는 마침표

'요절'이란 말이 멋있게 들리던 시절이 있었다.

초코쿠키에 박힌 초콜릿처럼 요절이란 단어는 나를 자극했다. 젊은 날 나는 스물아홉을 넘기고 싶지 않았다. 여자 나이, 스물아홉 이후는 낡고 낡은 구닥다리 옷으로만 보였다. 짧고 굵게 살리라, 누군가의 좌우명이 멋있게 들렸다. 그러나 청춘의 분수령을 넘어가던 당시의 나는 사는 일에 바빴다. 현실은 보란 듯이 내 치기어린 생각들을 지나쳐 갔다. 마치 터널을 통과하는 기차처럼 이십 대와 삼십 대를 정신없이 살아 냈다.

불혹의 나이도 스쳐 지나가고 지천명의 고개를 넘고 있다. 무릎이 나온 바지 같기도 하고 군살이 살짝 밀리는 등판 같기도 한 이

나이가 편안하다. 이제야 옆 사람들이 보인다. 한 권의 책 같고 풍경화 같은 얼굴이 보이기 시작하니, 마음의 눈이 열리는 나이인가 보다.

마틴 루터 킹은 완전한 생활을 위해서는 길이와 넓이, 높이가 조화를 이루는 삼차원의 삶을 살아야 한다고 했다. 길이는 개인의 행복을 추구하는 것이며, 넓이는 타인의 행복에 대한 관심과 배려이며, 높이란 신을 향한 상향적 노력이라고 덧붙였다. 나, 타인, 신의 세 꼭짓점이 균형을 유지할 때 그 삶은 완전한 삼각형을 이룬다는 것이다. 이 말을 듣고 부끄러웠다. 자신만의 짐에도 허둥거리는 내 자신이 보였다. 나는 스스로 비장하곤 했다. 외나무다리를 건너는 이처럼, 내 무게에 절실했고 주위를 돌아볼 겨를이 없었다. 누구나 그렇게 살아간다고 스스로에게 최면을 걸기 바빴으니, 초원을 지나치면서도 눈길은 먼 신기루를 찾아 헤맸음에 틀림없다.

삶에 있어서 아름다운 마침표를 찍는 것보다 중요한 일은 없다. 누군가 말한 것처럼 이 세상이 하룻밤 자고 가는 여인숙처럼 느껴지면 좋겠는데 그럴 자신이 없다. 먼저 빛과의 단절이 그렇고, 무엇보다도 사랑하는 사람들과의 이별은 고통이다. 소중한 이들과의 헤어짐을 생각하니 사소한 일상이 얼마나 감사한가를 다시 한번 생각한다. 때론 작은 모서리에도 멍이 들던 마음, 사소한 빗금에도 쓰려려 하던 심정, 내 행복의 분량이 가볍다고 징징거리던 일들, 그것도 내 일상에 박힌 초콜릿이었지 싶다.

인생 대차대조표를 생각해 본다. 가볍다. 치기와 아집은 오랫동안 나를 힘들게 했다. 거기다 이유 없는 허기는 얼마나 줄기차게 흔들던가. 나무처럼 인간의 나이테도 켜 볼 수 있다면 내 삶의 나이테는 얇디얇은 부름켜로 반질거릴 것이다. 그럼에도 불구하고 햇살과 공기와 물을 공급해 준 내 주변 사람들을 생각하면 눈물 나게 감사하다.

이 세상에 와서 사랑받고 돌아간다 생각하니 빚진 기분이다. 살아서 번듯한 유산이나 이름 석 자 남기지 못함도 부끄러운 일이다. 한편으로는 소박하게 살다 가는 것도 나쁘지 않다. 이름을 세우기 위해서 남의 땀과 눈물을 강요하는 우를 범하진 않았으리라 자위해 본다. 이 세상에 온 것이 영혼의 성장을 위한 하나의 과정이라면 진보를 얼마나 이루고 떠나는가, 이 질문에는 곤혹스럽다. 이는 신만이 알 수 있고 그분만이 평가해 주실 것이다.

그래도 영혼의 흔적이랄 수 있는 내 수필집 한 권쯤 하늘 가는 노잣돈 대신 넣어 달라고 하면 어떨까. 또 부탁하고 싶은 게 있다. 혹시 인간으로서 존엄성을 상실해 가면서까지 의료 서비스에 의존해야 한다면 부당한 친절은 사양하고 싶다. 사랑하는 마음으로 해방시켜 줄 것을 당부한다. 그리고 마지막으로 이 말은 하고 싶다. '신의를 지키는 사람이 되라.' 믿음을 지키는 일이 쉽지 않은 세상이지만 그런 이정표 하나쯤은 세워 두어야 한다고 말하련다.

'맥박, 그것은 제 무덤을 파는 삽질 소리'라고 노래한 이가 있다.

누구나 살아 있는 한 죽음의 초대장을 받게 되어 있다. 뫼비우스의 띠처럼 삶과 죽음은 한길에 달려 있다. 삶의 끝에 죽음이 오는 게 아니라, 다 자란 죽음이 삶을 짊어지고 떠나는 것이다. 그러하니 죽음을 두려워해서는 안 된다. 완성되지 못한 내 자신을 두려워해야지. 실제로 죽음이 눈앞에 서성이면 또 다른 생각이 끼어들지도 모르겠다. 사는 일에 큰 욕심 부리지 않고 나이 들 수 있기를 바랄 뿐이다.

유서를 생각하니, 여백이 많은 답안지를 쓰는 기분이다. 쓸 말이 많은데 종료 종이 울리는 것 같다. 그러나 시험이 끝난 뒤의 홀가분함처럼 죽음도 또 다른 국면이겠다. 하나의 심연과 또 다른 심연의 경계에서 벗어나는 자유로움이겠거니 생각한다. 미지의 세계를 향해 존재의 문을 열고 날아가는 과정, 이는 내가 상상하는 죽음이다.

자, 이 세상에서의 마지막 편지를 써야 한다. 사랑하는 이들의 얼굴이 떠오른다. 갑자기 눈앞이 어둑해진다. 이제부터가 정말 중요한 부분인데.

몇 년 전에 '유서 쓰기'란 주제 수필에 쓴 글이다. 그때는 유서라는 말 자체가 멀어 보였는데, 그리 먼 이야기가 아닌 시간을 살고 있다. 진짜 유서를 쓸 때는 우리 아이들도 만족할 만한(?) 내용을 쓸 수 있었으면 하는 바람이다. 최근 들어 생긴 내 소망이다.

생인손

　그는 혼자 앉아 있었다. 조문객들이 모이기엔 조금 이른 시간에 술 한 잔을 놓고서였다. 희끗한 머리 위로 오후의 햇살이 쌓여갔다. 아버지의 별세 소식에 사촌 중에서 제일 먼저 달려온 이가 바로 그다. 자작하면서도 얼굴색 하나 변하지 않는 사람, 자세히 보니 손을 떨고 있었다.

　내 안의 흔들림 때문에 그의 떨림이 눈에 들어왔는지도 모른다. 아버지의 부음을 듣고 나는 마음 놓고 울지도 못했다. 울면 곧 무너질 것 같아서 입술을 다물었다. 장례식 내내 비에 젖은 종이봉지 같았다. 조금만 건드리면 푹 주저앉고 말 것 같아 몸과 마음을 다잡았다. 서 있어도 서 있는 것 같지 않고 누군가와 말을 해도 또 다른 내가 말을 하는 듯했다. 정신 차려야 한다고 다짐하고 다짐하지만 속으로부터 올라오는 떨림을 어쩔 수 없었다.

그의 등 뒤로 낯익은 그림자가 일렁이는 것 같았다. 내 아버지도 그러셨다. 시끌벅적한 사람들 속에서 그것도 아는 이들 사이에서 담배 연기를 내뿜는 아버지는 딴 세상 사람 같았다. 원래 말수가 적기도 하지만 무연한 표정으로 먼 산을 바라보실 때는 세상살이로부터 영 물러앉으신 듯했다. 때로는 초연한 듯 때로는 외톨이인 듯 그렇게 사시던 분이었다. 일상의 삶으로부터 멀어져 일개 주변인으로서 살아가는 아득함과 낭패감, 그 떨림을 잊기 위해서 술을 마시고 외로움을 마시고.

그는 사촌 오빠다. 말이 사촌이지, 오랜만에 만나서 데면데면하기 짝이 없는데도 그중 살갑게 느껴지는 이가 그다. 나와 동갑내기인 이유도 있지만 그를 보면 왠지 짠하다. 자신의 형제들 속에서 외로운 섬처럼 보여서다.

다른 사촌들은 여전히 당당하다. 검은 양복 속에서도 그들의 여유와 품격은 도드라져 보였다. 주식과 부동산 이야기를 나누더니 내일 다시 들르겠노라 우르르 몰려갔다. 썰물처럼 빠져나간 자리를 혼자 지키는 그였다. 작정을 한 듯 새벽부터 빈소를 지키고 있었다.

그는 고향집에서 큰어머니와 함께 사는 중이다. 내 아버지가 예전에 그랬던 것처럼, 낙향을 하기에는 아직 젊은 그가 고향집을 지킨다. 시골 생활에 적응하려 애쓰는 사촌을 보면서 큰어머니 마음이 어떠실까 궁금하다. 지금쯤 할머니의 마음 언저리에 닿아 있는 건 아닐지. 아버지에게 무작정 기울던 할머니의 그 심정을 큰어머니도 헤아리실 것만 같다. 삶의 변방을 헤매는 사촌이 유독 내 아버지의 쓸쓸함을 가늠해 보는 것처럼.

어린 시절에 할머니가 도시의 큰집에 다녀오실 때면 참 좋았다. 라면 한 개도 귀한 시절에 양손에 보따리를 들고 오셨다. 그 보따리는 동화 속에 나오는 마법의 식탁보 같았다. 당시로서는 귀한 설탕 선물 세트나 양과자 꾸러미가 있어서 눈이 휘둥그레졌다. 할머니가 한 달에 한 번씩 큰아버지 댁에 다녀오시면 좋겠다고 생각했다.

할머니는 큰댁에서 보따리를 가득 채워 오면서도 불편한 심기를 드러내셨다. 단 하나의 동생인 아버지를 큰아버지 내외가 잘 챙기지 않는다며 트집 아닌 트집을 잡으셨다. 큰아버지가 고위 공직으로 올라갈수록 할머니 마음은 더 기울었다. 본능적인 모성 이상의 감정이었다. 유복자로 태어나 부친 얼굴도 모르고 크는 내 아버지에 대한 지독한 연민이었을 것이다. 어디다 내놓아도 빛나는 훈장 같은 큰아버지와는 달리 아버지는 할머니에게 생인손 같은 존재였나 보다.

그가 혼자 술 마시는 것을 보면서 마음이 어둑해졌다. 그러나 고마웠다. 무엇보다도 아버지의 외로움과 쓸쓸함에 가장 가까이 다가선 사촌으로 보였기 때문이다. 동병상련이랄까, 내 아버지와 무언의 대화라도 나누고 있는 것처럼 보였다. 그의 침묵을 그렇게라도 믿고 싶은 내 마음은 또 무엇인지.

그는 어쩌면 자신을 들여다보고 있었는지도 모른다. 거리 밖을 떠돌고 사람 밖을 맴돌던 자신과 마주 앉아 긴 이야기를 나누는 중이었을 수도 있다. 묘하게도 나는 그의 침묵 속에서 내 아버지의 그림자를 생각하며 위로 아닌 위로를 받고.

인생이란 수레바퀴와 같다. 장례식을 치르는 내내 맴돈 생각이다. 돌고 도는 게 인생이다. 우리의 삶도 오르막길이 있는가 하면 내리막길이 있고, 탄탄대로를 달리는가 싶으면 잡초 우거진 들길을 만나기도 한다. 늘 그 길에 서 있는 것 같아 가슴 졸이지만 자세히 보면 돌고 돈다. 우리 모두 현재의 바퀴를 굴리다가 잠시 조우하는 곳이 장례식장이다. 망자의 말없는 초대에 자신의 그림자를 끌고 와 한 잔 술을 마시다가, 침묵의 강물을 흘려보내기도 하고, 세상 살아가는 이야기로 서로의 흐름을 가늠해 보기도 한다.

삶도 죽음이 배경이 될 때 가장 잘 드러난다. 검은 옷을 입을수록 얼굴선이 뚜렷이 보이는 것처럼, 우리 인생도 죽음을 전제로 할 때 가장 극적이다. 지금 오르막길에 서 있다고 자만할 일도 아니요, 내리막길에서 뒹군다고 흐느낄 일도 아니다. 우리 모두 시간의 순례자이지 않던가. 여행객처럼 이 땅에 머물다 갈 뿐이다. 이리 생각하니 조금은 위안이 되었다. 외롭고 추웠을 내 아버지의 시간들을 헤아려 보면서 그렇게라도 마음을 다독이고 싶었는지도 모른다.

그는 삼일장 내내 빈소를 지켰다. 떠나기 전에 환하게 웃었던 때는 서울에 있는 아들 이야기를 물었을 때다. 기다렸다는 듯, 유명한 대학병원에서 인턴 과정을 밟고 있는 아들 자랑을 했다. 그때서야 얼굴이 보름달처럼 환해졌다.

모처럼 밝은 그의 얼굴을 보며 나 자신에게 물었다. 나는 아버지에게 어떤 자식이었을까. 참으로 할 말이 없다. 나 때문에 아버지도 먼산바라기를 했을 것이고 자주 술잔을 기울였을 터이다. 나 또한 아버지에게 생인손처럼 아프고 쓰린 자식이었으니.

추억을
예약하다

우리의 밥이며 집이었던
몸, 많은 것을 참아 내고
거름이 되어 준 존재의 집, 엄마다

추억을 예약하다

햇살이 투명한 그물을 던지고 있다.

오늘따라 그것에 눈길이 간다. 우리 집 장식장 위에 걸터앉은 그것은 호리병처럼 허리가 잘록하다. 담홍색 바탕에 꽃그림이 그려져 있는데 옆구리에는 빨대가 있고 불쏘시개가 달린 뚜껑도 붙어 있다. 끈까지 있어서 들고 다니기 편한 것이 어느 여인의 애장품쯤으로 보인다.

처음에는 차를 끓이는 차관인 줄 알았다. 티베트인이나 유목민들이 즐겨 사용하는 차 그릇으로 알았는데, 알고 보니 물담배통이라는 것이다. 담배 냄새라면 십 리 밖에서도 고개를 돌리는 내가 무엇에 이끌렸는지 그것을 집어 들었다. 몇 년 전, 캄보디아의 앙코르와트에서였다.

여행지에서의 마지막 밤이라고 생각하자 마음이 조급해지기 시작했다. 신화와 고적이 숨 쉬는 고대도시에서의 밤을 허투루 보낼 수는 없었다. 내처 간 곳은 야시장 골목이었다. 골동품 상회라기에는 뭔가 부족한 벼룩가게 같은 곳에서 그 물건을 발견했다. 거기서는 특별할 것도 없는 물담배통, 누군가의 손때 묻은 그것에 마음이 끌린 건 낮에 본 그녀 때문인지도 모른다.

낮에 식당을 나서는데 한 떼의 캄보디아 아이들이 우리 자동차 주위로 몰려왔다. 아무렇게나 꿰어 찬 신발에 낡은 셔츠 차림의 꼬맹이들이다. 검고 작은 얼굴에 눈동자는 어찌나 깊고 어두운지, 달랑거리는 금빛 귀걸이와 묘한 대조를 이루고 있었다. 그들은 당당하게 차 안으로 들어오더니 공연(?)을 시작했다.

"퐁당, 퐁당, 돌을 던지자."

뜻도 모르는 우리 동요를 열심히 부르는 모습이 마치 모이를 얻기 위해 입을 벌리는 어린 새 같았다. 노래를 끝내자마자 어린 합창단원들은 장신구를 들고 관람객 사이를 돌았다. 장신구랬자 팔찌 비슷한 물건인데 땀에 젖으면 얼룩이 번질 만큼 조악해 보였다. 이런 깜찍한 앵벌이에 한두 번 마주친 것이 아니지만 여러 사람이 지갑을 열었다. 여행객들의 머릿속에는 먼 옛날 자신의 모습이 스쳤는지도 모른다. 어린 시절에 미국산 옥수수죽을 얻어먹기 위해 줄을 서던 때도 있었고, 외국의 원조 밀가루를 타기 위해 동네 울력에 동원되던 시절이 우리에게도 있었으니까.

그런데 창 밖에 한 여자애가 서 있었다. 꼬맹이들을 따라서 차마 들어올 수가 없었나 보다. 처녀라기에는 아직 어린 소녀쯤 되어 보이는 여자애였다. 한 팔로 어린애를 안고서 무심한 눈빛으로 유리창을 올려다보고 있었다. 그녀의 눈빛은 어둡고 깊었다. 작은 얼굴에 눈동자만 흑요석처럼 빛나고 있었다.

자동차 창문을 열고 지폐 한 장을 건넸다. 흔들림 없는 눈빛으로 그녀는 돈을 받았다. 그리고 무표정하게 시선을 던졌다. 하기야 무슨 말이 필요하랴. 몇 번 고개를 끄덕인 이는 나였던 것 같다. 무슨 말인가를 하고 싶었지만 그녀와 나 사이에 어떤 말이 도달하겠는가.

그녀 뒤로 최근에 본 모습들이 무성영화의 화면들처럼 흘러갔다. 신화와 유적이 숨 쉬는 앙코르와트는 12세기 초에 지어진 크메르 왕국의 고대도시다. 세계 7대 불가사의로 지정될 만큼 유명하다. 크메르의 수도였던 앙코르 톰과 수십 개의 큰 바위 얼굴들은 당시의 문화 수준을 짐작케 한다. 눈길 닿는 곳마다 거대한 탑과 부조, 얼굴상이 자리하고 있다. 현대에 지어도 백 년은 걸릴 만큼 웅대하고 정교한 건축물들이다. 19세기 중엽에 프랑스의 역사학자에 의해 발견되기까지 밀림 속에 파묻혀 있던 유적들이다. 그토록 찬란한 문화유산을 가진 나라가 어쩌다가 슬픔 가득한 눈동자들로 뒤덮이게 되었는지.

와트마이 사원에서 본 유골탑이 생각났다. 누군가의 영혼과 육체가 담겼던 흔적이라고는 믿기 어려울 정도로 무참했다. 해골들이 중고 가게의 물건들처럼 아무렇게나 쌓여 있었다. 살아서나 죽어서나 인간에 대한 예의가 전혀 고려되지 않은 상태였다. 차라리 영화의 한 장면이라고 믿고 싶었다. 슬픈 역사를 팔아서라도 산 자들의 배를 채워야 하는 현실에 마음이 아팠다. 수많은 두개골들 중에서 불그스름한 유골은 여성의 것이라 한다. 아이들로 보이는 작은 유골도 있었다. 죽은 자는 죽은 자대로, 산 자들은 산 자대로, 통한의 시대를 거쳐 오며 얼마나 괴로웠을지 상상하기조차 힘들었다.

어쩌면 동병상련인지도 모른다. 눈 먼 자에게 내맡긴 세월이 어디 그들뿐인가. 앙코르와트의 절망을 보면서 가깝고도 먼 북녘 하늘이 생각났다. 소경의 지팡이에 의지하듯, 깊은 어둠 속을 걸어가는 또 다른 이들 때문에 마음이 편치 않았다.

지도자 한 사람의 잘못된 신념이나 판단이 돌이킬 수 없는 재앙이 되기도 한다. 크메르 루즈의 폴 포트 정권은 물질적·정신적 사유재산을 없애면 모두가 평등해진다고 믿었다. 도시인을 농촌으로 강제 이주시키고 전문가들을 집단농장으로 몰아냈다. 이상적인 '농민천국'을 위해 화폐와 사유재산과 종교를 없앴다. 그러나 성찰이 없는 이상은 강박적이다. 삶을 풍요롭게 하지 못하는 꿈이 얼마나 무서운가를 보여 주었을 뿐이다. 그로 인해 희생된 인원이

4년 동안에 무려 200만 명에 달했다. 국민의 사분의 일 가까이가 사라진 것이다. 지식인과 부르주아를 극도로 싫어한 폴 포트 정권은 안경 쓴 이들이나 얼굴이 하얀 사람들까지 증오했다. 글씨를 쓸 수 있다는 이유만으로도 죽임을 당한 이들도 있다.

그녀의 눈빛에는 과거와 현재가 어둡게 가라앉아 있었다. 아이를 안고 구걸 아닌 구걸을 해야 하는 소녀, 하루살이처럼 하루하루를 연명하는지도 모른다. 염치와 몰염치를 배우기도 전에 생존을 걱정해야 하는 삶이다. 그녀에게 무슨 잘못이 있을까? 가난한 나라에 태어난 것이 죄라면 죄다. 마치 쓰레기통에 던져진 꽃다발을 보는 기분이었다.

노래를 끝낸 아이들이 또 다른 목표를 향해서 우르르 몰려갈 때도 그녀는 그 자리에 서 있었다. 뙤약볕 아래 망부석처럼 서 있었다. 지폐 한 장을 건네준 것으로 마음의 부담을 덜고 싶었는데, 속마음을 눈치채기라도 한 듯 꼼짝 안 했다. 길을 잃은 듯 서 있는 그녀였다.

나도 모르게 중얼거렸다. 살아서 잘 살아남아서, 나중에 이런 시절이 추억이 되게 해달라고 말하고 있었다. 간절한 기도이자 부탁이었다. 몇 십 년 전에 우리가 그랬던 것처럼, 그들도 춥고 배고팠던 시절들이 지나간 추억이 되었으면 좋겠다. 이내, 앙코르와트의 사원들이 부연해지더니 멀어졌다가 가까워졌다가 내 눈앞에서 춤추듯 흔들거렸다.

물담배통을 보니 그녀의 안부가 궁금하다. 가난한 사촌동생처럼 마음 짠하게 하던 이, 그녀는 어떤 모습으로 변해 있을까?

쌈보 오빠

마당가의 대숲 너머로 어둠이 숨어들었다. 이 집 저 집 전등을 켜니 온 동네가 환하다. 섣달 그믐날 밤, 먼 길을 달려온 자동차들이 충직한 개처럼 집집마다 엎디어 있다.

설을 맞은 고향집은 현관부터 북적댄다. 먼 데서 돌아온 신발들이 평화롭다. 그들도 어머니 집에 오면 마음이 넉넉해지는지 서로 얼싸안기도 하고 목말을 태운 놈도 있다. 그중에서 시선을 끄는 게 있다. 새 구두라서일까, 키 높이 구두라서 그럴까.

반듯하게 놓인 구두에서 주인의 마음을 짐작해 본다. 현관문 앞에서 그는 심호흡을 했을 터이다. 조심스레 문을 밀치지만 눈은 커지고 가슴은 쿵쾅거렸을 것이다. 모든 사람들이 고향으로 돌아오는 명절에 낯선 집을, 그것도 이국의 가정을 방문하는 심정이 어땠을지.

그는 까무잡잡한 얼굴에 커다란 눈이 인상적인 청년이다. 첫눈에 봐도 누군지 짐작할 수 있었다. 작은 키에 또릿또릿한 눈매의 그는 쌈보의 붕어빵 오빠였다.

쌈보는 어머니 집에 와 있는 외국인 노동자 중의 하나다. 농사지을 인력이 부족한 시대에서는 캄보디아 출신의 두 아가씨를 배정받았는데, 그들로 인해 시골집은 활기가 넘친다. 이국의 처녀들은 비닐하우스에서 고추를 따고 토마토를 따며 맡겨진 일들을 한다. 말과 음식뿐 아니라 모든 것이 낯설지만 그들은 웃음을 잃지 않는다. 팔순의 시어머니는 한국어 선생을 자청하고 나섰다. '포리'가 파리이고, '괴기'가 실은 고기인 줄 모르고 처녀들은 한국어 과외에 열심이다. 낭창한 전라도 말이 캄보디아 처녀들에게 잘도 흘러간다.

쌈보의 검은 눈을 보면 톤레사프 호수가 떠오른다. 메콩 강의 영향으로 황토색 물결 천지인 그곳은 말이 호수이지 웬만한 바다나 다름없다. 학교와 관공서, 주유소, 가게와 수상가옥들이 물 위에 있어 신기했다. 사람들은 배를 타고 가게에 가고, 학교에 가고, 농구장에도 간다. 거기에도 꽃으로 치장한 수상가옥들이 있고, 강아지는 집 주위를 어슬렁거리고, 아이들은 물장구를 치며 논다. 뭍의 생활과 큰 차이 없었다.

어떤 이들은 수상가옥의 해먹 위에서 낮잠을 즐기는가 하면, 어린 소녀의 뱀 쇼를 보여 주며 관광객들의 관심을 끌기도 한다. 소녀가 제 팔뚝의 두 배나 되는 뱀을 목에 두르고 뱀 쇼를 할 때는 입을 다물 수가 없었다. 찬란한 앙코르와트 문화를 꽃피웠던 크메르족의 후예라고 믿기 어려울 정도로 현실은 고달파 보였다. 내전과 가난으로 얼룩진 상처를 씻어 내고자 몸부림치는 캄보디아인들이었다.

그런 젊은이들을 시댁에서 만날 줄이야.

쌈보 오빠는 서울 인근의 공장에 다니고, 쌈보는 농촌에서 일을 한다. 우리나라의 화폐 가치가 캄보디아의 여덟 배 정도라지만, 결코 쉬운 일은 아니다. 먼 이국땅에서 처녀 몸으로 농사일을 거들며 돈을 벌어야 하는 여동생이다. 전라도 촌 동네까지 택시를 타고 온 오빠는 그동안의 안쓰러움과 고마움을 그렇게라도 표현하고 싶었나 보다. 그들도 잠시, 서로에게 고향이 되고 싶었으리라. 피붙이가 있는 곳이면 마음이 먼저 달려가고, 아무리 먼 곳이라도 특별한 장소가 된다. 가족이야말로 움직이는 고향인 셈이다.

예전에 우리 아이들도 이방인이었던 적이 있다. 먼 곳에 아이들을 보내 놓고 늘 기도하는 마음이었다. 세상이 좋아져서 영상으로 안부를 확인할 수 있는데도 본능적으로 마음의 촉수가 뻗는 것은 어쩔 수 없었다. 그곳의 뉴스나 날씨에도 민감했다. 자식들이 사는 곳을 향해 마음이 서성댔다. 애들이 일어나면 나도 기지개를 켜고, 잠자리에 들면 나도 감사기도를 올렸다. 북경의 우다코, 호주의 케언즈 쪽에 나만 아는 마음의 집을 세웠다.

어느 설날엔가 딸애가 현지인 가정에 초대받은 적이 있다. 다양한 전통음식으로 명절을 함께해 준 외국인 가정을 생각하면, 지금도 고맙다. 생면부지의 그들이 친척 같았다. 아들 또한 타국에서 도움을 받을 때마다 감동이었다. 그 빚을, 대가 없는 우정으로 섬겨 주던 그 마음을 누군가에게 갚겠다고 다짐했다. 그러나 아이들이 귀국하면서 고마움도 장롱 위에 얹어 둔 꼴이니 사람 마음처럼 간사한 것도 없다.

쌈보 오빠의 새 구두가 외로운 섬처럼 보인다. 섞여 있어도 어쩔 수 없이 드러나는 거리감이 어디 신발뿐이겠는가. 말이 서툴고 문화도 다르다 보니 어쩔 수 없는 이방인이다. 매일매일 간격을 실감할 것이다. 뜻하지 않는 일에 부딪힐 수도 있다. 문화에 있어서 우월은 없다지만 이방인이라는 것 자체가 억지로 키 높이 문화를 체험하는 것과 같다. 하루 종일 까치발로 서 있는 기분일지도 모른다.

옆방에서는 쌈보네 말잔치가 요란하다. 작은 나무끼리 톡톡 부딪히는 소리 같기도 하고, 풀잎이 스치는 소리 같기도 하다. 크메르 말들도 명절을 쇠나 보다. 인절미와 과일이 담긴 쟁반을 슬며시 드미는 내게 쌈보가 무엇인가를 내비친다. 그 시간 반짝이는 것은 오빠가 선물로 사 온 스마트 폰만은 아니다.

밖에서는 진눈깨비가 내린다. 오누이가 난생 처음 맞이하는 겨울이다.

낡은 가방

남자는 자동차를 보면 그의 위치를 알 수 있고, 여자는 핸드백을 보면 현재의 삶을 알 수 있다는 우스갯소리가 있다. 남자에게 자동차가 그러하듯 여성에게는 가방이 하나의 상징이라는 말이겠다. 그래서 뭇 여성들이 명품 가방에 열광하는지도 모른다.

일전에 백화점에 갔다가 놀랐다. 복잡한 일층 매장에 사람들이 굴비 두름처럼 한 줄로 서 있었다. 미술관이나 박물관도 아닌데, 얌전히 차례를 기다리고 있는 고객들이었다. 얼마나 대단한 미끼 상품인가 싶어 고개를 디밀었더니 명품관의 가방 판매 코너였다. 일종의 판매 전략인 줄 모르고 가방을 알현(?)하기 위해 줄을 서 있었던 것이다.

나도 한때 명품 가방에 혹했던 적이 있다. 명품은 그만의 아우라가 있다. 이는 오랜 세월이 부여한 작위와도 같다. 백 년 이상을 장인 정신으로 이어 온 물건들은 그만의 가치와 의미가 있을 뿐 아니라 시대를 뛰어넘는 기술과 품질을 유지하고 있다. 이런 전통은 박수를 받을 만하다고 스스로를 설득했다.

　백화점과 면세점을 기웃거리며 신용카드를 만지작거리곤 했다. 까짓것, 자동차 한 대 값의 최고급품도 아니고, 기백만 원짜리 가방 하나에 쩔쩔맬 정도는 아니라고 스스로를 구슬렸다. 평범한 것 여러 개 대신 명품 하나 마련하는 게 더 경제적이라고 자기 합리화까지 했다. 암만 봐도 가격이 걸림돌이었다. 구매 동기가 자기과시나 허세에 기울고 있음을 알기에 더욱 그랬다. 남이 가니, 거름 지고 장에 따라나서는 꼴이었다.

　명품 대신, 몇 개의 가방을 샀다. 위로가 필요한 이에게 그중 하나를 선물했다. 평범한 가죽 가방 하나에도 얼마나 기뻐하는지 내가 더 행복했다. 하지만 어떤 이는 선물에 심드렁했다. 가방을 장롱 속에 묻어 두는 것 같더니만 다른 사람에게 주었단다. 명품이면 저리 쉽게 넘겨주지는 못했을 텐데 하는 아쉬움이 일었다. 그러고 보면 작은 가방 하나도 임자가 다 있는 모양이다.

　어느 선배는 퀼팅 가방을 자주 들고 다니는데 세상에서 하나뿐인 수제품 가방이다. 본인이 손수 만든 그것이 어느 애장품 못지않다. 한 땀 한 땀 정성으로 만든 작품을 보면 주인도 멋쟁이로 보인다. 또 지인 중의 하나는 겉보기엔 명품족으로 보이는데 의외였다. 천으로 만든 가방을 자주 들고 다닌다. 동물애호가의 입장에서 천연가죽류를 피하다 보니 그리 되었단다. 의식 있는 소비를 하는 그녀가 근사해 보인다. 세상의 눈길이나 잣대로부터 자유롭게 자기 신념대로 사는 이들은 뭔가 다르다. 외양에 흔들리지 않을 만큼 내면도 가득 차서 믿음이 간다.

최근에 모임이 있었다. 중요한 약속이니만큼 옷도 예의를 갖춰 입고 가방도 새 것으로 바꿔 들었다. 그런데 새 가방을 뒤지고 뒤져도 휑했다. 모임에 필요한 자료와 지갑을 챙겨 넣지 못한 것이다. 속이 빈 그날의 일정은 뻔했다. 하루 종일 빈털터리 신세 같았다.

터덜거리며 돌아오는데 내 자신이 빈 가방과 닮아보였다. 꾸미고 덧칠을 해도 속이 비어 있으면 소용없는 일인데 거기에 매달릴 때가 있다. 명품 가방 코너를 기웃거린 이유도 내 안의 결핍감과 무관하지 않다. 갈수록 주눅이 드는 세월 앞에서 특별한 장신구가 필요했던 셈이다. 나이가 주는 우아함도 없고, 뛰어난 관록도 없는지라 더욱 그러했다. 내 자신의 공허를 가리고 싶었던 게다. 하여, 명품 백에 기대려 한 것이다.

명품이 명품 인생을 보장한다면 얼마나 좋을까. 과부 쌈짓돈을 빌려서라도 최고급품들을 사재기할 것이다. 보이는 것에 흔들린다는 것은 속이 허하다는 표증에 불과하다. 꼭 명품이 아니면 어떤가. 최고품을 받쳐 주는 평범한 것들도 필요한 세상이다. 그런 인생들이 있어서 세상이 더 다양하지 않던가.

낡은 가방을 자세히 본다. 시간의 무두질을 견뎌 낸 모습이 편안해 보인다. 손때 묻어 만질만질한 데다 다소 촌스럽고 불룩한 게 친근하다. 마치, 내 모습 같다.

오십 년도 훨씬 넘은 가방, 나를 돌아본다. 누가 알아주지도 않고 볼품 있는 것도 아니다. 거기다 세월의 자국으로 보잘것없는 모습이다. 그러나 세상에 하나밖에 없는 존재다. 버릴 수도 없고 바꿀 수도 없는 눈물겨운 존재다. 촌스럽지만, 속까지 비어 있는 것은 아닌지 실밥이 터져 문제가 생기진 않는지 살펴본다. 그런대로 쓸 만하다고 스스로를 위로한다. 다행이다. 있어야 할 자리에 있는지, 필요한 것들은 다 담고 있는지, 주위와는 잘 어울리는지 살펴볼 일이다. 이제는 연식이 있는 만큼 좀 더 대접해줘야겠다.

때가 되면 이 가방도 반납하게 되리라. 마지막까지 후회 없이 잘 쓰고 갈 수 있기를 빌고 또 빈다.

진짜 모습

"모월 모일은 내 생일이나, 개인적인 선물은 사양한다."

한 관리가 부임하자마자 사람들이 많이 지나다니는 곳에 커다란 방을 내걸었다.

그 후, 고을 사람들을 모아 놓고 시제를 내주었다. 그날의 제목은 백로였다. 누군가 백로같이 깨끗한 자신을 칭송하리라는 계산이 깔려 있었다.

짧은 시가 올라왔다.

"날아올 때는 학인가 했더니만, 어느새 고기를 찾고 있네."

송시열의 「옥천군이망재기」에 실린 글이다. 윗사람이 탐욕스러우면 아랫사람에게 위엄이 서지 않는 법이다. 겉으로는 학처럼 초연한 척하지만 본래 학이 아닌 걸 어쩌겠는가.

　한 선배가 있다. 매사에 깔끔하여 흐트러짐이 없다. 틀니처럼 단단하고 아귀가 잘 맞아서 어디 내놓아도 경우가 바르다. 모임 도중에 그 선배가 자리를 떴다. 어떤 이는 턱을 괴고, 어떤 이는 하품을 했다. 기다렸다는 듯 핸드폰을 검색하는 이도 있었다. 순식간에 반전된 분위기였다. 총을 놓은 병사처럼 거리낌 없이 웃고 떠드는 시간이 이어졌다. 그러면서 우리 스스로도 놀랐다. 선배의 빈 의자가 유난히 편안해 보이는 이유를 알 것 같았다. 우리 안에 있는 선배의 진짜 모습을 보았다.

내가 훔친 여름

비의 숲에 잠겨 있는 오후, 그 속을 질주하는 건 자동차만이 아니다. 내 마음은 우산도 없이 거리로 나선다. 먼 고향 길을 서성인다.

어린 시절엔 비가 많이 왔다. 하루에 두어 번 대처로 나가는 완행버스가 있을 뿐, 비 오는 날에나 기적 소리를 들을 수 있는 산골이었다. 하늘은 가깝고 찻길은 먼 오지, 그곳에선 우산을 식구 수대로 준비해 놓고 사는 건 사치였다. 비가 오면 어른들은 도롱이를 쓰고 논배미에 물 보러 나가고, 아이들은 헌 옷이나 키를 뒤집어쓰고 돌아다녔다.

우산이랬자 마분지 비슷한 종이에 콩기름을 먹여서 비를 겨우

가린 지우산이다. 갑자기 쏟아지는 작달비에 누르뎅뎅한 종이우산은 지레 겁을 먹는다. 이런 땐 얌전히 비켜서서 비긋기를 기다려야 한다. 비닐우산도 크게 다를 바 없다. 투박한 나무 우산살 사이로 얇은 비닐을 입혔으니, 가랑비나 여우비를 가릴 정도였다. 바람만 건듯 불어도 찢어지고 뒤집혀지니 말이 우산이지, 아이들 손에 들어갔다 하면 금방 장난감이 되어 버렸다.

비만 오면 어머니의 잔소리가 길어지곤 했다. 우산을 찢어 오거나 해찰하다가 잊어버리기 일쑤니, 우산 대신 아버지 헌 옷이 내 몫이어도 할 말이 없었다. 운 좋은 날엔 우산 쓴 동무에게 빌붙어서 머리나 안 젖으면 다행인 등굣길이었다.

하굣길, 흙탕물로 뒤집어진 도랑이나 냇가는 아이들의 놀이터가 된다. 고무신을 질질 끌며 도랑물을 헤집고 다니면 치마 가랑이가 흠뻑 젖는다. 이때 소나기라도 한바탕 쏟아지면 그날 날궂이는 제격이다. 한여름의 악동들은 다리 밑이나 처마 밑으로 달려가지만, 짓궂은 소낙비에게 붙잡히고 만다. 땅 비린내를 맡으면서 잠시 바라보던 수직의 빗줄기들, 머리에서부터 고무신까지 줄줄 흘러내리던 또 하나의 빗줄기들, 눈만 반짝이는 아이들은 물에 빠진 생쥐 같은 서로를 바라보고 씨익 웃는다. 그러다 누가 먼저랄 것도 없이 밖으로 뛰어나간다. 이왕 젖은 몸이다. 마음껏 달려 보자. 눈썹 사이로, 목덜미로, 내려오는 비는 팔분음표처럼 즐겁다. 함성을 지르며 내달린다. 시간이 지나면서 입술이 파란해지고, 그런

와중에도 주머니를 뒤져 풋복숭아나 으깨진 살구 몇 알을 나눠 먹기도 한다.

집으로 돌아와선 물기를 대충 닦는 둥 마는 둥 부엌으로 간다. 솥뚜껑을 밀치면 감자 몇 알이 졸고 있다. 마파람에 게 눈 감추듯 감자알을 먹어치우고 미지근한 방에 누우면 졸음이 솔솔~~~. 세상 걱정 없는 아이는 단잠에 빠져든다. 밖에서는 비가 땡감을 건들다가 호박잎을 두두둑 밟으며 지나가고.

비가 저녁까지 이어지면 엄마의 당목 행주치마가 쪽마루를 차지한다. 큰 함지박을 찾아서 밀가루를 치댄다. 칼국수를 몇 번이나 끓여야만 지루한 장마가 끝나는 것일까. 어쩌다 운이 좋은 날에는 단팥 끓는 냄새를 맡을 수도 있다. 팥의 단내가 솔솔 풍기는 저녁이면 마음부터 불러온다. 우리 고향 말로는 '낭화'라 불리는 팥 칼국수는 여름철의 별미다. 걸쭉한 팥물에 칼국수를 썰어 넣고 단맛 나는 당원 몇 알 뿌리면, 눅눅한 마음에도 단맛이 든다. 세상 모든 것이 달아 보이는 저녁이다. 빗소리 반찬 삼아 후후 불어 먹는 낭화 맛은 내 어린 날의 기념사진과도 같다.

'우산'이란 동요가 생각난다. '노란 우산, 깜장 우산, 찢어진 우산~~' 이런 가사 중에서 찢어진 우산으로 넘어갈 때쯤이면 나도 몰래 웃는다. 그 찢어진 우산이 내 것만 같다. 그 속에 꼬맹이 모습이 보인다. 한쪽 우산살이 꺾여 있다. 들이치는 비에 가방이 젖을까 봐 우산을 뒤로 넘기면서 열심히 걸어가는 꼬마다. 어린 날의 내 모습이다.

긴 세월이 흘렀는데도 여전히 한쪽 어깨가 젖어 있다. 열심히 우산을 갈아치웠으나 어쩔 수 없었다. 하기야 누군들 세월의 빗발을 온전히 피할 수 있을까.

예전처럼 날비를 느껴 본 지가 언제인가. 한 번쯤 비와 달리기를 하고 싶다. 비에 쫓기다가 비를 쫓으며 온몸으로 내달리고 싶다. 나무들이 외치는 소리와 풀들이 깔깔거리는 소리에 잠겨 그 속으로 뛰어들어야겠다. 그들과 한 몸으로 젖고 싶다. 그러다 보면 어린 시절로 되돌아갈 수 있을지도 모른다. 잠깐만, 그 여름날을 훔쳐 올 수 있을지도 모른다.

던지다

부리나케 고양이 세수를 하고 가방을 멨다.

"언니!"

동생이 신발을 끌며 다급하게 쫓아왔다. 등짝 위의 책가방이 얼마나 큰지 풍뎅이 같았다. 고꾸라질 것 같은 애를 뒤돌아보지만 마음은 이미 내달리고 있었다. 또 기합 받겠네. 덩치가 커도 나이는 어쩔 수 없는지 동생의 발걸음은 느리다. 지난주에도 지각한 벌로 운동장을 토끼뜀해야 했다. 기다시피 한 바퀴 돌고나니 오금이 저리고 하늘이 뱅뱅 돌았는데, 겨우 다리 알통이 풀릴 만하니 또 지각 신세라니.

멀고 먼 시오리길이다. 동생까지 별책 부록처럼 달고 다니다 보니 버겁기 짝이 없는 등굣길이다. 하필이면 맏이로 태어났는지. 언니 오빠는커녕 삼촌이나 고모도 없는 첫째다 보니 기댈 언덕도 없다. 일곱 살에 초등학교를 들어간 나로서는 내 한 몸도 힘든데 바로 아래 동생까지 챙겨야 한다. 꼬맹이가 꼬맹이를 달고 학교 가는 꼴이니 걸음이 느림보 거북이 수준이다. 여기저기 해찰하다가 지각생이 되기 십상이다.

"야!"

노랑머리였다. 팽팽한 목소리에 내 다리의 힘이 빠졌다. 싸움닭 같은 그 애를 길에서 만날 줄이야. 나이도 나보다 두 살 많거니와 오빠들 틈에서 자라서인지 억세기로 유명한 애다.

"너, 왜 대답도 안 하냐?"

다그치듯 톡 쏘는 그 애다. 보나마나 또 시비를 걸어 올 것이다. 나는 얼른 주머니를 뒤졌다. 아무것도 없다. 지난번처럼 풋복숭아도 없고 지우개 토막도 없다. 새로 산 머리핀을 건네주기는 싫다. 그것도 동생이 보는 앞에서.

노랑머리가 옆으로 맸던 책보를 홱 풀더니 내게로 걸어왔다. 길가의 개망초들도 놀랐는지 옆으로 드러누웠다. 동생은 간절한 눈빛으로 나를 바라보았다. 머릿속이 하얗다. 뛰어 달아날까. 설령 나 혼자 피하더라도 동생은 어쩐다지? 꼼짝 없이 잡혀서 분풀이를 당하리라. 그렇다고 노랑머리에게 매번 공물을 바칠 수도 없고. 수업 시간에는 찍소리도 못하는 주제에 거들먹대는 그 애가 눈꼴

시다. 기분 나쁜 일을 당할 때마다 우리 집 담벼락에는 낙서가 이어진다. 정 순 덕, 삐뚤빼뚤한 글씨만큼이나 내 안에서 어두워지는 이름이다. 수는 없다. 그래도 벗어나야 한다.

"첨벙~~~~"

그 애의 책 보따리를 집어던졌다. 동시에 비명 소리가 울렸다. 개울가로 우두둑 뛰어 내려가는 순덕이를 확인하고 나와 동생은 냅다 뛰었다. 그 애가 울부짖으며 허둥대듯, 책 보따리도 가라앉을 동 말 동 위태롭게 떠내려갔다. 그제야 보리밭가의 유채꽃이 한들거렸다. 때늦은 노란 꽃이 잘했다고 박수를 치는 듯했다.

다음 날부터 순덕이는 나를 건드리지 못했다. 아무리 용해 보이는 이도 막다른 골목에 다다르면 죽기 살기로 덤빈다는 것을 알았나 보다. 수가 없어 보일수록 진짜 묘수가 숨어 있다는 것을 나는 그때 깨달았다.

수십 년 전 일인데도 통쾌하다. 아주 작은 반격으로 최대의 승리를 거둔 날이다. 내 어린 날의 대첩이다. 사는 일이 팍팍하거나 일이 잘 풀리지 않는 날이면 고향에서의 날들을 떠올린다. 그리고 회심의 미소를 짓는다.

지금, 눈 딱 감고 내던져야 할 것이 무엇인지 생각한다.

짧은 편지

계룡산의 도예촌에 들렀다가 성모상과 마주쳤습니다. 소녀 키 정도의 도자기 성모상은 바깥에 내몰려 있더군요. 함부로 다뤄질 작품 같진 않았는데 구석진 곳에 서 있었습니다. 자세히 보니 성모상 얼굴이 얼룩져 있었습니다. 어느 수녀님이 정성들여 만들었는데 가마에서 나온 후로 얼굴이 망가져 버렸다는군요.

도자기는 불의 예술이라지요. 같은 흙에 동일한 유약을 발라도 불에 따라서 각기 다른 모습입니다. 그래서 불을 잘 관리해야 좋은 작품을 만들 수 있나 봅니다. 제 친구는 가마운이 좋은 편입니다. 무슨 비법이 있는가 싶은데, 특별한 묘수가 없다네요. 쑥스럽게 말하기를 무엇을 꼭 만들겠다, 이번엔 정말로 괜찮은 작품을 내놓겠다는 생각이 들어가면 오히려 반대 결과가 나오더래요. 그래서 흙과 대화하는 마음으로 편안하게 주무르고 가볍게 가마에 넣는다 합니다. 그게 비결 아닌 비결이라고 웃었습니다.

어찌 도자기만 그러하겠습니까. 사람 사는 일도 너무 힘이 들어가면 잘못될 가능성이 많지 않던가요. 큰 축구 시합에서 절체절명의 승부차기 시간에 힘이 너무 들어가서 허공에 공을 띄우기도 하고, 예의를 차려야 하는 식사 모임에서 물 한 모금에도 사레들려서 얼굴이 붉어지기도 하고. 점잖은 자리에서 말이 꼬이거나 엉뚱한 말이 튀어나와 난감하던 경우도 있지 않던가요. 오늘 아침만 해도 그렇습니다. 스타킹을 신는데 그만 올이 터져 버렸습니다. 살살 다룬다 했는데도 어느 순간 힘이 들어갔나 봅니다.

글을 쓰는 일도 이와 비슷하다는 생각입니다. 물 흐르듯 쓰는 일이 얼마나 힘들던가요. 자연스레 읽히는 문장을 만드는 게 쉽지 않습니다. 어려운 말을 써서 글이 거추장스러워지거나, 미문이 많아서 글이 느끼해지거나, 필요 이상으로 힘을 주어서 읽는 이를 긴장하게 하는 경우는 또 얼마나 많습니까. 쓸데없는 객기인 거죠. 잘 쓰고 싶다는 욕망이 글을 끌고 가기 때문인 거 같습니다.

사는 일도 그래요. 이것 아니면 저것이라는 식으로 삶을 투사처럼 사는 이들을 보면 불안합니다. 옆 사람에게 불똥이 튈 거 같은 거지요. 목에 힘을 준 사람들을 보면 피하고 싶어집니다. 조금 편하게 지낼 수는 없나 하는 생각이 들지요. 욕심 없이 물 흐르듯 살다 보면 좋은 결과도 있고, 혹여 잘못된 결과가 나오면 다시 한번 돌이켜 보는 지혜도 필요한데 그리 살기가 쉽지 않더군요.

정치판도 그래요. 본인의 임기 중에 무엇인가 괄목할 만한 업적을 해놓아야 된다고 생각하는 지도자들이 있지요. 거의 강박에 이를 정도로 자신의 이름과 임기에 집착하는 이들을 보면 불안해집니다. 그런 이들일수록 목과 턱에 힘이 들어가 있어 조마조마합니다. 그들에게 순리라는 말은 어떤 의미일까요. 권력을 가진 이들은 순리가 바로 자신의 손아귀에서 나온다고 생각하나 봐요. 크고 귀한 일일수록 시간의 거름망을 통과해야 온전한 제 모습을 드러내는데 말입니다.

아, 그리고 보니 저도 다를 바가 없네요. 짧은 글을 쓰려고 했는데 늘어지고 말았군요. 괜히 목에 힘 준 꼴이로군요. 지루했다면 용서하세요. 언제쯤 단순하고 명쾌한 글을 쓸 수 있을는지요. 그대처럼 말입니다.

주목을 주목하다

 몸의 언어는 정직하다. 피부의 결과 주름살 하나하나에도 그가 살아온 시간들이 담겨 있다.

 언젠가부터 목욕탕의 거울이 부담스럽다. 슬슬 피하지만 그것의 눈길은 집요하다. 모른 척 숨어도 먼발치의 나를 찾고 있다. 남의 옷을 주워 입은 듯 떨떠름한 내 기분은 안중에도 없다. 허락도 없이 내 몸의 선들을 부풀리더니 옆 사람과 비교까지 시킨다. 괜찮니, 아직 괜찮은 거니 집요하게 묻는다.

 이런 내 마음을 알기라도 하듯 목욕탕은 수증기를 풀어놓는다. 그 사이로 전라의 여인들이 느리게 움직인다. 마치 안개 위를 떠다니는 것 같아 신비롭다. 젊은 여인들의 몸은 잘 빚어 놓은 조각 같다. 선 하나하나가 절제되어 있고, 흐름이 날렵하다. 유려한 S 자 허리에서 튕겨 나오는 물방울도 경쾌하다. 금방이라도 바다 위로 날아오를 은빛 날치 같다. 이쯤 되면 조물주도 슬쩍 훔쳐보실 것만 같다.

한쪽 구석에서 등만 보이는 이가 있다. 마른 삭정이 같다. 시간의 거친 발자국만 남았다. 진국은 다 우려낸 뼈에 피부만 한숨처럼 늘어져 있다. 풍요의 상징이던 가슴과 환희의 절정을 기억하는 아랫배, 당당한 두 다리는 이미 과거가 되었다. 빈 동굴 같다. 그의 탄력을 방해한 것은 지구의 중력이었을까, 아니면 삶의 중력이었을까.

그도 한때는 열정과 탐닉을 누렸던 몸이다. 몸과 몸의 대화로 긴 밤이 짧기만 하고, 작은 스침에도 바르르 떠는 악기가 되어 육체의 열락을 맛보았다. 때로는 아른한 종소리가 울려 퍼지고, 별똥별이 우수수 떨어지듯 찰나의 기쁨으로 흔들리던 때도 있었다. 무수한 파도 소리에 혼곤히 젖어, 나를 잊어버리고 자연의 일부가 된 적도 있을 터이다. 이제 그리운 시간들은 전설로 남아 있다. 다시는 되돌아오지 않으리라. 영원하지 않기 때문에 아름다운 것처럼 돌아오지 않기에 꿈결 같은지도 모른다.

나이 든 몸은 참으로 겸손하다. 몸이 가벼워지듯 영혼마저 무심해져서 한 줌 자연으로 돌아가기를 기다리는 듯하다. 복숭앗빛 피부는 오래된 미농지를 닮았다. 얇디얇아 실핏줄이 선연한데 저승

꽃이 피어오르고 있다.

한때, 우리의 밥이고 집이었던 몸이다. 많은 것을 참아 내고, 거름이 되어 준 존재의 집이다. 그 집이 있어서 우리는 생명을 이어 받았고 목숨을 키워 갈 수 있었다. 이제 그는 세월 앞에 겸손히 앉아 있다. 신이 허락한 열정과 탐닉을 생명에의 거름으로 내주고 무심히 앉아 있다.

앙상한 몸피에 마음 한편이 서늘해진다. 내 어머니를 보는 것 같아서다. 몸과 마음의 고향인 존재의 소멸을 지켜보는 일은 쓸쓸하고 두려운 일이다. 어머니가 그러하신 것처럼, 머잖아 나도 그 길에 서 있으리라는 슬픈 확신 때문이다.

언젠가 소백산을 오르다가 하얀 눈밭에 서 있는 나무들을 본 적이 있다. 앙상한 주목이었다. 푸른 하늘을 배경으로 벌거벗은 몸을 드러내고 있었다. 마른 등걸로 눈바람을 견디고 서 있는 천 년 주목을 보면서 내 마음도 숙연했다. 충만한 공허였다. 군더더기를 다 떨쳐 버린 자의 의연함이 서려있었다. 엄숙미랄까, 비장미랄까. 그 서늘함 때문에 푸른 하늘을 한참 우러른 적이 있다.

오늘도 도시의 목욕탕에서 세월의 삭풍을 견디고 있는 주목 몇 그루를 보았다.

벽과 벽 사이

온몸이 젖은 화장지 같다. 그곳에 갔다 올 때마다 되풀이되는 일이다. 이런 소모적인 과정을 빨리 끝내면 좋겠는데 마음대로 되지 않는 게 현실이다. 어딘가에 기대고 싶다. 내게도 마음을 걸 만한 벽이 하나 있었으면 좋겠다.

납처럼 가라앉는 마음을 어찌지 못해 벽에 몸을 기대 본다. 뒷집과 경계하고 서 있는 담벼락이 눅눅한 데다 이끼까지 끼어 있다. 옹색하게 서 있는 모습이 내 자신과 닮아 보인다.

예전에 법원 근처에서 살았던 적이 있다. 잘 정돈된 정원수와 깨끗한 건물은 관공서, 그 이상도 그 이하도 아니었다. 내게는 하나의 풍경에 불과했다. 대형마트의 에스컬레이터를 오르내리며 그곳의 넓은 주차장만 눈여겨보았다. 답답하고 억울한 이들이 많아서 주차장도 크게 만들었을 거라고 짐작했을 뿐이다. 그곳이 내게 난공불락의 요새로 보이게 될 줄은 꿈에도 몰랐다.

작은 건물을 산 것이 사단이었을까. 하자보수 문제와 미완의 건물 때문에 건축업자와 마찰이 생겼다. 돈을 다 건네받은 그가 배짱을 튕기는 것이다. 낡은 고리짝처럼 꼼짝도 안 했다. 적지 않은 금액이 오갔으니 매매 현장에서 확약을 다짐하는 도장과 녹취를 해놓지 않은 것이 후회스럽지만 이미 사후 약방문이 되고 말았다. 전화도 받지 않더니만 변호사를 대동하고 와서는 배 째라는 자세였다.

그가 의뢰한 변호사는 아주 유능(?)했다. 기존의 사실 자체를 손바닥 뒤집듯 전부 뒤집었다. 철저하게 뒤엎어진 진실을 입증하는 것이 내 입장이 되고 말았다. 민사소송에서 원고가 해야 할 일이란 것도 처음 알았다. 잘못은 그쪽이 했고 손해는 내가 당했는데 하나하나 증명해 내자니 기가 막혔다. 거기다 나의 피해 사실을 저쪽에서 거짓으로 몰아세우는 판이니 참 당혹스러웠다. 이게 변호사들의 세련된(?) 변호기법이란다. 헛웃음이 나왔다. 사회 정의를 위해서 밤새워 공부했을 법률전문가는 뭔가 달라도 다르리라 여겼는데, 내가 만난 변호사는 동네 만화방 주인과 크게 다를 바가 없었다.

변호사 양반은 내게는 캄캄절벽이지만 의뢰인에게는 안온한 벽일 것이다. 그 보호막 아래 서 있으면 어떤 잘못도 가려 주리라고 믿는 상대편을 보면서 마음이 씁쓸했다. 법원에 다녀올 때마다 내 머릿속은 무정부상태다.

분명한 손해를 주장하러 가서도 어눌하게 굴 수밖에 없는 소시민이다. 법에 대한 전문 지식이 없는 상태에서 내 입장을 밝혀야 하고, 법리적 해석에 근거해서 진실을 보여 주는 일이 쉽지 않다. 탄탄한 벽 하나 사서 그들에게 맡기고 말까 고민도 했다. 그러나 진실은 승리한다는 고집 때문에 변호사를 사지 않고 여기까지 온 셈이다. 진실은 빛과 같아서 잠시 가릴 수는 있지만 언젠가는 드러난다, 그래야 된다고 주문을 걸면서 여기까지 왔다. 아무리 거대한 벽 뒤에 숨어 있는 어둠일지라도 빛 앞에서는 물러갈 수밖에 없다고 혼자 되뇌길 일 년도 넘었다.

젊은 판사를 올려보면서 여러 가지를 생각한다. 법을 관리하는 그의 잣대가 법리적 해석뿐만 아니라, 인간 내면에 숨겨진 욕망과 부정에 민감하면 좋겠다. 과도한 업무량에 밀려서 기계적으로 판단하거나 관행적인 해석에만 의존하지 않기를 빈다. 당사자 모두에게 타당한 판결을 내리는 법률전문인이기를 기대한다.

판사의 자리는 일반인들보다 높은 곳에 위치해 있다. 자연히 법정 안의 사람들을 내려다보게 된다. 높이 오르면 더 넓은 시야가 확보되는 만큼, 사건을 판결할 때도 전지적 시점에 대해 부담을 가지라는 뜻이 아닐까 싶다. 전지적 시점이라니, 이는 신이나 가능한 일이다. 그럼에도 불구하고 자신의 위치가 주는 상징에 대해 철저하기를 기대한다. 업무량에 시달리는 것을 알면서도, 모두에게 투명한 벽이 되길 비는 마음이다.

세상에는 많은 벽이 있다. 어떤 벽은 장애물이 되거나 보호막이 되고, 어떤 벽은 질서와 경계의 기준이 된다. 많은 벽들이 어느 편에 서 있는가에 따라 입장이 달라지지만 질서와 구분의 잣대가 되는 벽은 어느 쪽에서도 반듯해야 하고 투명해야 한다. 이것이 바로 공권력의 기준이며 법과 질서의 핵심이 아닐까 생각한다.

최근의 일 때문인지 아무렇지도 않게 지나치던 벽들을 다시 한번 돌아본다. 사람을 보아도 벽으로 보인다. 저 사람은 어떤 벽일까. 본인은 그런 생각을 하기나 할까. 혼자 고개를 갸웃거린다.

사람들은 걸어 다니는 벽이다. 그런 줄도 모르고 유유히 걸어 다니다가 악수를 한다. 뜨겁게 포옹을 나누기도 한다. 손을 거두고 화들짝 놀라 뒤로 물러선다. 상대방이 그렇게 벽창우 같은 이인 줄 몰랐다며 삿대질을 하기도 한다.

나 또한 벽이다. 원치 않는 일로 여기저기 두들겨 맞다 보니 바람 숭숭 뚫린 벽이다. 벽이라고 하기에는 너무 물컹해졌는지도 모른다. 그래도 자리를 지켜 내야 한다.

잠시 기대어 선 옹벽이 선득거린다. 눈을 떠 보니 옹벽 밑이 환하다. 단추만 한 노란 꽃이 앙증맞게 피어 있다. 신기하다. 처음에는 눈에 띄지 않았는데 거기 있었던 모양이다. 어두운 벽 아래서도 환하게 피어난 꽃을 보니 내 마음에도 노란 빛이 번져 온다.

무강

    비몽사몽간에 전화를 받았다. 엄마다. 긴 밤의 적막을 쫓고 싶어 먼 데 있는 딸의 목소리를 더듬는 어른이다. 마음자리가 허전해 전화라도 돌리는 그 심정을 모르는 바 아니면서 때로는 구겨진 심사를 드러낸다. 잠결이라서 퉁하고 보니 내 마음도 편치 않다.

    전화 내용은 거기서 거기다. 엄마는 당신의 친정 일에 신경을 쓰신다. 한 대가 만 리라는 옛말처럼, 나는 외가의 묘 이장을 귓등으로 흘러 넘겼지만 엄마에게는 강 건너 불이 아닌가 보다. 한때, 외가의 땅을 밟지 않고서는 장에 갈 수 없던 시절이 있었다. 그 많던 재산을 곶감 빼먹듯 빼먹더니 아직도 팔아먹을 땅이 남아 있다니 놀랍기도 하고 부럽기도 하다. 외사촌은 마지막 뿌리나 다름없는 선산을 팔기 전에 조상들 산소도 정리하려는지 엄마에게 연락을 넣었다.

몸과 마음이 엇박자로 노는 엄마로서는 마음만 분주하다. 팔십 년 넘게 이고 진 세월이 온몸을 칭칭 감고 있는지 다리는 천근만 근이고 몸집은 요지부동이어서 한 걸음 옮기는 데도 뜸을 들인다. 그럴수록 마음은 솜털처럼 자유롭던 시절로 소풍을 떠나는가, 최근에는 고향 이야기를 자주 하신다. 어제 일은 가물거려도 고릿적 이야기는 세세히 기억하는 어른이다.

보행이 불편한 엄마를 휠체어에라도 모시고 외가의 이장 현장에 가야 하나. 자손으로서 마지막 도리를 다하도록 뒷감당을 해 드려야 하는가. 이런저런 생각이 깊어질수록 마음이 무겁다. 겉으로는 괜찮다고 하시지만, 변변치 못한 자식을 지켜보는 당신도 답답할 노릇이다.

엄마와 여행을 한 지가 언제였나. 시댁 쪽의 여행은 챙기면서도 친정 엄마와의 여행은 밀린 숙제로 남아 있다. 딸 낳으면 비행기 탄다는 말이 우리 엄마에게는 빈말이 될 듯하다. 지팡이까지 끼어 든 세 발 행보니 엄마와의 비행기 여행은 그림의 떡에 가깝다.

지난가을에 고향에 모시고 간 것이 최근의 나들이다. 동네가 가까울수록 엄마는 말을 아꼈다. 모자를 깊숙이 눌러쓰고 차창 밖을 바라보기만 하셨다. 친척집에 들르자 해도 고개를 저을 뿐이었다. 새롭게 포장된 길 건너, 옛날 고샅이 펼쳐지기라도 하듯 과거의 시간 속으로 잠시 여행을 떠나는 엄마 곁에서 나도 그 옛날로 빠져들었다.

젊은 날의 아버지는 당시로서는 드물게 대학물을 먹은 인텔리인데다 낭만주의자였다. 제때 배우지 않으면 삶의 뿌리가 단단하지 못하다는 지론으로 야학을 열었다. 한참 유행하던 4H 운동 붐을 타고 청년들은 밤마다 모여들었고, 엄마는 찐 감자를 한 소쿠리씩 사랑채로 디밀어야 했다. 아버지가 고향에서 꿈을 펼치기 바쁠 때 엄마는 자신의 연년생 아이들과 일 때문에 코가 석 자나 빠져 있었다. 날이 갈수록 엄마의 앞날이 뒷산만큼 어두워 보였을 터이다.

시간이 흘러 사랑채의 젊은이들은 민들레 풀씨처럼 흩어졌고 우리 가족도 대처로 이사했다. 아버지는 고향에서는 전설이었지만, 도시에서는 익명의 사람에 불과했다. 이상주의자의 삶은 자주 흔들렸고 이를 지켜보는 엄마의 마음은 까맣게 타들어갔다.

자식들을 다 키워 놓고 고향으로 돌아가 술 말이라도 돌리며 무사귀환을 알리고 싶었던 아버지는 돌아올 수 없는 먼 길로 떠나셨다. 아버지 대신 지팡이에 의지해 온 엄마는 끝내 자동차 밖으로 나서지 않았다. 혼자 돌아온 고향이 낯설었나, 불편한 몸에 자존심이 상하셨나. 먼발치로 옛집을 건너보고, 뒷동산 너머를 바라볼 뿐이었다.

고향집 뒷밭은 여전했다. 푸른 넝쿨들이 바다를 이루고 있었다. 작은 바람에도 고구마 이파리들이 파도처럼 물결쳤다. 엄마도 한때 밭고랑 가에서 푸름으로 출렁대곤 했다. 땅속에 질러 놓은 고구마 순이 그예 땅심을 받아 밭둑을 기어가면 당신 마음도 두둑했을 것이다. 밭고랑가의 풀을 뽑고 북을 돋우노라면 노래가 절로 나왔던가. 고구마 밑이 들어가는지 밭둑에 실금이 깊어지면 지켜보는 마음도 오달졌다.

어머니, 뒷밭은 여전한데 당신에겐 푸름 한 점 남지 않았다. 싹눈을 밀어올리고 줄기를 내뻗느라 제 몸의 단맛을 다 써 버린 씨고구마, 무강 같다. 온몸이 푸석푸석하다. 어둠 속에서도 생명을 일궜던 몸집에 세월의 빗금만 무성하다. 찰기라곤 하나도 없다. 속울음을 참아내던 시간들이 질긴 힘줄로 남아있을 뿐이다.

그동안 나는 햇살과 바람 쪽으로만 마음이 기울었다. 엄마의 들판을 벗어나서 멀리멀리 나아가고 싶었다. 그것이 삶의 지름길인 줄 알았는데 먼 에움길에 서 있다. 돌고 돌아 다시 돌아오는 내 길목에도 빗금이 늘어 간다.

엄마의 푸른 넌출이었던 나도 무강을 닮아 가고 있다.

기억의 집

그가 새로운 곳으로 이사 갔다.

첫눈에도 그의 집이 깨끗하고 한가로운 곳임을 알 수 있었다. 새롭게 단장한 집은 실내 장식도 깔끔했다. 얼마나 조용한지 내 발자국 소리에 내가 놀랄 만큼 고요했다.

어딜 가나 자릿세가 있는 모양이다. 그곳은 전망 좋은 로열층이라 더 많은 비용을 지불했고, 관리비 또한 지속적으로 들어간다. 중앙 공조 시스템으로 적정 온도를 맞춘다지만 어딘지 서늘했다. 새집이 썰렁하여 꽃이라도 사들고 올 걸 하는 후회가 앞섰다. 경황없기는 그나 나나 마찬가지다. 쫓기듯, 이런 곳에서 만나게 될 줄은 몰랐다.

두 팔을 내미니 그는 냉기로 대답했다. 손끝에 닿는 서늘함에 마음이 울컥했다. 상대의 등을 토닥이듯 내 손을 가볍게 토닥거렸다. 명치끝이 아려서 아무 말도 할 수 없었다. 차마, 새로운 집이 마음에 드는지 물어볼 수는 없었다. 이 집에 혼자 남아서 어떻게 지낼 거냐고 묻는 것은 더 잔인한 질문이었다. 담담한 척, 가끔 들리겠노라는 속말을 건넸을 뿐이다.

대답 없는 그를 보노라니 묵은 말들이 목구멍까지 차올랐다. 어떤 말은 앙금이 되어 가슴에 쌓인다. 차마 말로 표현할 수 없기 때문이리라. 우리도 그랬다. 현실을 모른 척하고 에둘러 말하는 나나, 서툰 거짓말을 믿는 척하는 상대나 다른 방도가 없었다. 생사의 갈림길에 서 있는 이에게 간절한 기도 외에는 어떤 진실도 내비칠 수가 없었기 때문이다. 아까운 시간만 흘렀다.

끝내, 그는 갔다. 마지막 인사를 고하던 입관실에서 아무 말도 할 수 없었다. 하얀 제부의 얼굴이 낯선 조각품처럼 보였다. 사랑하는 가족들을 두고 떠나야 하는 이에게 무슨 말을 할 수 있으랴. 눈물은 차라리 사치였다.

추모관 3층 무궁화실, 존재의 집이었던 육체는 한 줌 가루로 남아 있다. 너무 쉽게 과거완료형이 되고 말았다. 운명이라고 받아들이기에는 서글픈 현실이다. 커다란 나무 같았던 이의 작은 유골함을 보면서 한 사람이 세상에 왔다 갔다는 흔적이 겨우 이것인가 싶어 처연했다. 말없는 유골 항아리 앞에서 긴 후회가 밀려왔다.

지난 연말엔가, 여동생 가족이 남녘 지방으로 놀러 가자고 했다. 풍광 좋은 곳에 땅을 샀는데, 인생의 후반기를 보낼 만한 곳인지 한번 가 보자는 것이었다. 그러나 우리 부부는 연말이라 바쁘다는 이유로 다음날을 기약했다. 꽃피는 봄에는 그 약속을 이룰 수 있으리라 믿었다. 노을 지는 바닷가에서 멋진 풍경을 즐기려던 소망은 물거품이 되어 사라졌다.

늘, 사는 일에 바빴다. 일상에서 벗어나 서로를 돌아보는 일에 서툴렀다. 그렇게 사는 것이 당연하다고 생각했다. 불확실한 미래를 위해서 오늘을 열심히 살아가는 것이 최선이라고 믿었다. 그러나 불안정한 미래보다 더 안타까운 것은 우리에게 주어진 기회다. 어떤 기회는 마지막 카드이기도 하다는 것을 그땐 몰랐다.

서로 손잡을 수 있을 때, 한 상에서 밥을 나눌 수 있을 때, 같이 고개를 끄덕일 수 있을 때, 추억의 씨앗을 뿌려야 했다. 평범하기 짝이 없는 그런 일들이 우리 생에서 보석 같은 시간이란 것을 알지 못했다. 살아가면서 우리가 정작으로 해야 할 일은 기억의 집을 세우는 일이 아니었을까 생각한다.

우리는 '지금 이 순간'을 누리는 일에 소홀하다. 사람들 사이에서 관계의 집을 짓는 일에 서툴고, 아름다운 추억을 만드는 일에도 무심하다. 늘 다음에, 다음에, 이렇게 미루며 시간들을 통과하기 바쁘다. 그것이 열심히 사는 일인 줄 안다. 내일을 위해 오늘을 담보 잡히는 걸 당연하게 생각한다. 사귐이나 누림이 없는 시간들은 공허하다는 것을 지금에야 깨닫는다.

그가 떠난 뒤에야 그의 진짜 모습이 보인다. 과묵하기 짝이 없던 제부의 뒷모습에서 쓸쓸함이 읽힌다. 가장으로서, 아빠로서 살기 바빴을 한 남성의 실존이 보여 마음이 무겁다. 그동안 우리는 피상적인 모습으로 스쳤다. 가족 모임에서 만나면 남자들은 술 먹기 바빴고 여자들은 주방에서 동동거렸다. 한 번쯤, 친인척의 일원이 아니라 인간 누구로서의 자신을 내보였으면 더 좋았을 터인데 하는 마음이다. 유년 시절은 어떻게 보냈는지, 살아오면서 감당하기 힘든 일은 없었는지, 앞으로 어떻게 살기를 원하는지, 내 인생에서 끝까지 지향하고 싶은 점은 무엇인지 등등 깊은 대화를 나눴다면 어땠을까 하는 아쉬움이 남는다.

우리는 의외로 말을 아끼고 산다. 자신이 누구인가에 대해서는 무심하다. 한 번쯤 감정의 속살을 드러내거나 영혼의 지향점을 보이는 것도 좋은데, 속내 깊은 말은 묻고 산다. 그래서 관계의 집이 허술하고 단편적인지도 모른다. 그러다가 묘비명 한 줄 남기지 못하고 한 줌 가루로 남겨질 수도 있는데 이 사실을 잊고 산다.

나도 언젠가는 이 땅을 떠날 것이다. 흔적은 사라지고 누군가의 기억 속에나 남는 존재가 되겠다. 어떻게 살아가야 할지 고민된다. 숨 쉬고 있다는 것은 기억의 집을 지을 기회가 더 남았다는 말인데.

추모관을 나오니 노란 산수유가 꽃샘바람 속에서 오들거리고 있

다. 매해 봄이면 기억의 집에서 살고 있는 한 얼굴을 떠올리며 나
는 하늘을 우러러볼 것이다.

감나무 아래

잘 익은 가을을 선물 받았다.

매해 단감 상자를 보내주는 부산 선배 얼굴이 떠오른다. 본 지 오래되었건만 '감순이'라는 내 별명을 잊지 않고 감을 챙겨 주는 그 마음이 고맙다. 단감을 한입 베어 물자 옛집이 눈앞에 어른거린다.

고향 동네의 계절은 감나무를 통해 오고 간다. 연초록 감잎 위로 햇살이 미끄럼을 타기 시작하면 봄날의 시작이다. 미황색 감꽃이 토방 위까지 올라오고, 집안의 실타래가 마루 한편에서 발견되는 날은 봄이 깊어 간다는 증거다. 그런 날이면, 동네의 여자애들은 우아한 귀부인으로 변신한다. 감꽃 목걸이와 팔찌로 치장한 소녀들이 목을 길게 늘여 빼고 골목을 지나가고, 아무것도 모르는 이웃집 강아지가 컹컹 짖기 시작하면 여지없는 봄날이다.

손톱만 하던 감이 잎사귀 사이로 푸른 엉덩이를 드러내기 시작하면 여름이 시작된다는 이야기다. 무성한 감나무 그늘 아래, 낡은 돗자리나 밑 터진 가마니 자루가 펼쳐진다. 독서 삼매경에 빠진 소녀가 깜빡 졸던 곳도 그곳이다. 햇살과 잡지를 오가던 난독처럼 꿈과 허기도 땡감처럼 익어 간다.

여름방학이 끝나기도 전에 동네 아이들은 우리 집 담벼락을 올라타기 시작한다. 건들마가 불어야 맛이 깊어지는데, 손이 근질거리는 애들이 그 새를 참을 수 있겠는가. 울 바깥의 단감은 이미 사라졌고 담장을 경계로 울안의 것들만 우리 차지가 된다. 단감은 쉬이 멍들기 때문에 손으로 따야 한다. 아이를 달래듯 꼭지를 조심스레 돌려야만 손안에 안긴다.

추수가 끝날 무렵까지 가을을 지키는 것은 먹감이다. 아이 주먹만 한 것들이 타작마당을 밝히고 있다. 커다란 대봉시는 항아리 속의 겨울잠을 즐기건만 이 시커먼 먹감은 하늘을 지키는 절개가 있다. 꼭지 끝이 캄캄해질 때까지 찬바람을 참아 낸다.

고드름이 자라나는 겨울밤에는 홍시만 한 별미가 없다. 아이들은 할머니의 '서생원전'을 들으며 졸다 말다 하다가도 '감'이란 소리에 화들짝 놀래 군침을 삼키곤 한다.

찬광의 광주리에서 꺼내 온 감, 세상의 어떤 것보다 달고 부드럽다. 아이스크림도 따라올 수 없는 맛이다. 홍시가 주는 몰캉한 촉감과 달콤한 입맛은 자연이 주는 축복이다. 세상의 단맛을 다 모아 놓은 맛이다.

우리가 정신없이 홍시를 먹을 때 할머니는 시린 무를 드시곤 했다. 달챙이 숟가락으로 긁어 드시던 무는 이가 시려서 맛이 없을 터인데, 무만 고집하던 할머니의 속마음을 우리는 왜 조금도 헤아리지 못했는지.

감나무 가지마다 불그스름한 기운이 돌기 시작하면 봄이 올라오고 있다는 증거이다. 아련한 봄기운이 안개처럼 밀리면 첩첩산중 사람들이 마른 건건이를 싸 들고 온다. 먹거리와 바꾸기 위해 큰 마을로 내려오는 것이다. 할머니는 보리쌀을 고봉으로 퍼 주셨다. 어머니에겐 좀도리 쌀을 강요하던 게 생각나서 툴툴거리기라도 하면 하시는 말씀이다.

"꼭, 배가 불러야 맛이냐?"

까치밥 몇 개 조랑조랑 달려 있는 감나무 밑을 스치노라면 할머니 생각이 난다. 나뭇등걸 같이 거칠던 할머니의 손을 한 번만이라도 잡아 보고 싶다.

사람의 일생도 감과 비슷하다. 이십대는 땡감 같다고나 할까? 윤기 있고 단단한 게 야무져 보이지만 아직 맛이 들지 않았다. 한여름의 장마와 삼복더위를 거치면서 감이 익어 가듯, 인간도 삼·사십 대를 잘 지내야 비로소 연륜의 맛이 배기 시작한다. 사정없이 흔드는 바람과 벌레들의 공격이 어디 감나무에게만 해당되는 일이던가. 쓰디쓴 세월을 견뎌 내야 깊은 맛이 들어가는 것이다. 그리하여 잘 익어 가는 것들은 맛도 때깔도 다르다.

남녘에서 온 단감을 크게 베어 문다. 껍질째 아그작 아그작, 씹어 먹는다. 야문 단맛에 가을의 풍미가 스며 있다. 나도 이처럼 익을 대로 익어 누군가에게 깊은 단맛으로 다가갈 수 있다면 좋겠다.

꽃은 혼자

피지 않는다

본심을 거스르기는 어렵다
가면은 빌릴 수 있지만,
영혼은 빌릴 수 없음을 잊은 것이다

향기로 말하는 그림

어디서 꽃잎이 흩날리는 걸까, 아니면 눈이 내리는 걸까.

길을 걷는데도 미술관에서 본 그림이 눈에 선하다. 마치 눈앞에 펼쳐진 듯 다가온다. 눈 덮인 산등성이 아래 오두막 한 채가 있고 둥그런 중국풍의 창문 너머로 책을 읽고 있는 선비가 보인다. 책상 앞에 단정하게 앉아 있는 이와는 달리, 바깥에는 꽃인지 눈발인지 모를 흰 점들이 산골짝을 흔들고 있다. 바로 조희룡*의 그림 〈매화서옥도〉다.

중국의 전설적인 매화광을 그린 그림인데, 화가인 조희룡 또한 매화 사랑이 대단했다. 호도 '매수(梅叟)'로 지었으며 매화 병풍 아래서 매화차를 마시며 매화 먹으로 시를 쓴 그다. 그림 속의 인물은 화가 자신으로 보인다. 산골 오두막에서 책을 읽고 있는 선비, 참고요하다. 눈발 날리는 소리가 혹은 매화 벙그는 소리가 들릴 듯한 산속에서 자신과 대면하고 있다. 적막하지만 단정함이 흘러나온다.

그림 속의 산등성이와 나무들은 웅장하고 힘차다. 거침없는 필법이 스승인 추사의 영향을 받은 것으로 보인다. 그러나 산골짝 사이로 난분분 흩날리는 하얀 춤사위들은 가볍고 유쾌하다. 흰 점들이 살아 움직이는 듯하다. 어둠을 배경으로 날아다니는 모습이 한없이 자유롭다. 마치 화가의 자유혼 같다.

〈매화서옥도〉를 그린 조희룡은 추사 김정희의 문하생이었다. 스승이 제주도에서 가시 울타리에 갇힌 위리안치의 귀양살이할 때 제자인 그도 남도의 섬에서 삼 년 동안 유배생활을 해야 했다. 그만큼 가까운 사이였으리라. 그러나 스승은 소치 허유에게는 압록강 이남에선 따를 자가 없다고 극찬을 아끼지 않으면서도, 중인 출신의 조희룡에 대해서는 기교파라고 혹평했다. 스승을 벗어나기 시작하는 제자가 마음에 들지 않았나 보다.

당시는 시, 서, 화가 잘 조화되어야 제대로 된 그림으로 인정하던 시대였다. 글자와 그림에 깊은 학문과 인품의 향기가 배어 있는 문인화를 최고로 쳤으니, 차츰 표현주의 쪽으로 기우는 제자를 이해하기 어려웠을 것이다. 조희룡의 감각적인 경향에 대해 그림에서 속기가 보인다고 했다. 이럴 때 당사자는 기분이 어떠했을까.

조희룡, 그는 자신이 조선 문인화의 건널목에 서 있음을 예감했다. 화폭 가득히 흰 점들을 찍으면서 묘한 희열을 느꼈으리라. 그림 속의 난분분한 흰 점들, 이를 향설이라 칭하며 매화로 보는 이도 있고 흩날리는 눈발로 보는 이도 있다. 그것이 무엇이든 깨달음의 환희를 거침없이 표현한 것으로 보인다. 고답적인 틀을 벗어나고픈 이의 자기 열정이자 자기 확인이 아니었을까. 점 하나하나를 찍으면서 그는 당시의 화풍으로부터 자유로워지리라 다짐했을 것이다. 남의 수레를 따르지 않겠다는 불긍거후(不肯車後)의 신념이 바로 조선 문인화의 또 다른 길을 만들었다.

예술은 세상을 바라보는 창이다. 당시와 요즘을 비교한다면 얼마나 달라졌을지 궁금하다. 내 보기에는, 예나 지금이나 큰 차이가 없는 것 같다. 세상의 흐름과는 상관없이 자기 신념대로 산다는 것은 쉽지 않다. 많은 척도와 평가가 난무한다. 또한 그 시대를 주름잡는 주류도 있고 실세도 있다. 이들과 합류해야만 쉽게 인정받고 기회가 주어지기도 한다. 개성과 창의력이 요구되는 분야일수록 '보이지 않는 힘'은 크다. 이들로부터 자유롭고 싶다면 고립을 각오해야 할 정도다.

사람들은 누군가의 그늘 아래 서 있기를 좋아한다. 안전하기 때문이다. 그래서 흐름에 편승하게 되고, 권위와 단체의 보호막 안에 어깨를 기대고 싶어 한다. 내 안에 어떤 보물지도와 비밀번호가 있는지 생각지도 않고 줄을 서는 걸 볼 수 있다. 의외로 많은 사람들이 자기 자신을 들여다보는 것을 시간 낭비라고 생각하나

보다. 어쩌면, 자신과 대면하는 일을 두려워하는지도 모른다.

그러나 세상을 변화시키는 흐름은 작은 물꼬에서 비롯되지 않던가. 많은 이들이 한쪽으로 휩쓸릴 때 균형을 잡는 이들이 소수인 것처럼.

고독한 자유, 이는 자기 세계를 추구하는 이들의 특권이자 고통이기도 하다. 누가 뭐래도 나만의 울림을 표출한다는 것은 쉽지 않으며, 외로운 일이다. 이를 기쁨으로 누릴 수 있는 사람만이 자신의 길을 만들 수 있다. 내면의 감동과 열정을 표현코자 하는 욕구, 이는 존재의 이유이다. 이런 노력이 없다면 일체의 창작은 노동에 불과하며, 혼을 불사르는 과정까지 도달하기도 힘들다. 모든 예술은 답습과 쇄신, 그리고 전복에 이르는 과정을 되돌이표처럼 그리며 한 걸음씩 전진한다.

어떤 그림은 말없이 사로잡는다. 당분간은 〈매화서옥도〉에 붙잡혀 있을 것 같다. 한 편의 그림을 보면서도 이렇게 생각이 오가는 건 나 또한 고립되어 있기 때문일까. 그럼에도 불구하고 고독한 자존에 이르지 못하는 어설픔 때문일까.

그림 속의 선비가 무언의 말을 걸어오는 것 같다. 지금, 너는 어떠냐고.

---

* 조희룡(趙熙龍, 1789~1866) : 호는 우봉(又峯)·매수(梅叟). 김정희의 문인으로, 추사체를 잘 썼으며 매화를 잘 그렸던 조선 후기의 서화가. 저서에는 『석우망년록』, 『호산외사』가 있다.

인연의 환

　노을이 발길을 재촉하는 해질녘이었다. 충남 당진 지방을 지나치는데 추사 고택 안내 표지가 보였다. 몇 번인가 마음에 점만 찍어 두다가 그날은 내처 들어갔다.

　방문객의 급한 발걸음 소리와는 달리 옛 선비의 집은 고즈넉했다. 철 지난 모란들이 사람들의 발길을 기다리고 있었다. 대 서예가의 집답게 기둥이나 문 위에 장식용 글씨로 치장한 편액과 주련들이 즐비했다. 격조 높은 단풍 몇 잎이 마루에 앉아 그것들을 읽고 있었다.

　추사고택은 조선의 사대부 집안답게 단아하면서도 짜임새가 있다. 솟을대문의 위엄을 누그러뜨리는 사랑채의 기역자 모습이나 안

채 모습 또한 질박하다. 규모가 커서 중압감이나 위화감을 주는 것이 아니라, 깔끔하고 단정한 느낌이다. 현대식 건물이 주는 웅장함과 화려함에 눈이 익은 내겐, 옛집은 남다른 감회를 불러일으킨다. 기와, 대들보, 주춧돌, 담벼락 하나하나에서 옛 정취를 느낄 수 있다. 이백여 년 동안 비바람을 잘 견뎌 온 추사고택이 오래된 이웃집처럼 편안했다.

뒤란을 통해 후원으로 올라가니 추사 영전이 있다. 잠들지 않는 영혼처럼 신우대 댓바람 소리가 여전했다.

김정희, '추사' 또는 '완당'이라는 호로 알려진 그는 조선 후기 실학자이다. 예·병·형조 참판을 지낸 대선비지만 함경도나 제주도까지 유배를 가야 했던 굴곡 많은 삶을 살았다. '추사체'라는 독창적인 서체를 개발한 대서예가이고 고증에 철저한 금석학자라는 것, 이는 추사에 대한 나의 짧은 상식이다.

사위는 고요한데 영전 앞의 대나무들 소리가 이상한 울림으로 다가왔다. 문득, 〈세한도〉가 생각났다. 제자 이상적에게 그려 준 그림인데, 유배지 제주에서의 쓸쓸함이 잘 드러나 있다. '날이 차가워진 후에야 소나무가 시든다는 것을 알게 된다.'는 공자의 말씀을 발문으로 적은 것만 보아도 그렇다. 그림에는 허름한 집 한 채와 네 그루 소나무뿐이다. 극도로 절제된 여백의 미를 통해 추사의 자신의 정신세계를 나타낸 것도 같고, 후학인 이상적의 높은 기개를 표현한 것도 같다.

이상적은 역관 신분으로 중국에 오갈 때마다 스승에게 책을 구해 주었다. 유배중인 이와 교류하는 것도 쉽지 않은데, 한결같은 마음으로 제주까지 책을 조달해 준 속 깊은 제자였으니 추사가 감동할 만하다.

세한도의 나무를 보듯, 고택 뒤에 서 있는 하얀 소나무를 올려다보았다. 추사가 중국에서 가져온 씨앗을 정성들여 키운 것이다. 지금은 십여 미터가 넘는 키로 자라나 고조부 무덤을 지키고 있다. 저녁노을을 배경으로 선 백송, 추사의 또 다른 모습 같았다.

소나무를 지나쳐 몇 걸음만 내려오면 홍살문이 있다. 영조 임금의 따님인 순정 옹주 정려문이다. 추사의 증조부가 38세에 돌아가셨을 때, 그의 아내인 옹주가 식음을 전폐하였다. 부왕인 영조의 간절한 만류에도 불구하고 끝내 남편 뒤를 따라 세상을 떴다. 왕가의 여인으로선 처음이자 마지막인 지독한 정절이다. 이렇듯 효와 정절이 밴 집안이기에 추사 또한 강직했나 보다.

고택 길을 내려오는데 여러 생각이 스쳤다. 사람 사이의 인연은 지극한 정성을 들일 때, 때론 목숨을 걸 때, 후세에 꽃으로 남는가 보다. 깊이와 높이를 지닌 진실성 때문이리라. 당대는커녕, 눈앞에 보이는 이익에 따라 접시 물처럼 속이 뻔히 보이는 현대인들을 본다면 그 어른은 무엇이라 하실지 궁금하다.

우리는 인연의 강물을 흘러간다. 풀잎의 이슬처럼 안타까운 인연도 있고, 흙탕물 같은 관계도 있고, 새벽마다 마음으로 뜨는 정

화수 같은 인연도 있다. 또 바다같이, 지치고 힘들 때마다 찾아가서 쉴 수 있는 이들도 있다.

모든 만남이 좋은 인연이 되기는 힘들지만, 진정으로 참된 인연을 찾는 일이 중요하다. 누군가의 참된 인연으로 살아남는 일 또한 쉽지 않다.

추사 고택에서 돌아오는 길, 노을이 가을 산에 붉은 낙관을 찍고 있었다. 우리 인생길에도 아름다운 낙관 같은 이 하나 만나야 되지 않을까.

거대한 분재

전날 내린 비로 온 세상이 녹색 잔치다. 물안개마다 푸른 공기가 출렁인다. 돌부리와 나무뿌리들이 깍지 낀 오솔길을, 그것도 우산을 받쳐 들고 걷는 일은 쉽지 않다. 하루치의 비도 이럴진대, 일생을 빗속에서 살다간 이들은 어땠을지 하는 마음으로 다산 초당을 찾아들었다.

대나무울이 마중 나와 있다. 무릎 높이의 울을 스치노라니, 다산처럼 '죽란시사(竹欄詩社)'를 누리는 듯하다. 살구꽃이 피면 처음 모이고, 복숭아꽃이 피면 마주 앉고, 이듬해 매화꽃이 벙그는 날까지 일 년에 일곱 번은 모여 시를 짓는다는 죽란시사다. 다산 정약용이 젊은 시절에 교류하던 시회의 이름이다. 잠시 대나무울을 흔드니 풀냄새와 꽃향기가 금방 배어든다.

초당마루에 걸터앉으니 널찍한 돌부뚜막이 눈에 들어온다. '다조'다. 여기서 차를 달였으리라. 마른 솔방울에 불을 지필 때면 그의 마음도 불꽃처럼 일었겠다. '약천' 샘물처럼 치솟는 그리움을 한 모금 차로 식히며 '석가산' 연지의 잉어들을 하염없이 바라보지만 선비의 심정은 울울한 뒷산 그림자를 닮았을 것이다. 젊은 후학들의 청죽 같은 소리에도 마음속 안개는 걷히지 않고, 밀려오는 회한 속에서 그는 자신을 세우고 또 세웠겠다.

다산의 발길을 더듬어 '천일각'에 올라선다. 날이 좋으면 저 멀리 완도가 보인다는데, 회색빛 강진만이 눈에 들어온다. 해안선이 자욱하다. 성긴 빗발 아래, 긴 개펄이 드러누워 있다. 어디선가 파도 소리가 들릴 듯싶어 여행객의 귀가 나팔처럼 커지는데, 골을 타고 올라오는 건 바람 소리뿐이다. 이 외진 곳에서 그는 얼마나 많은 생각에 잠겼을 것인가.

정조 임금은 28세에 문과에 급제한 다산을 유난히 총애했다. 순조가 즉위하고 그는 일련의 일들에 휘말린다. 남인 쪽이던 그의 가족은 천주교 탄압과 맞물려 철저히 무너진다. 둘째 형 약전은 흑산도로 유배되고, 셋째 형 약종은 참형을 당했다. 자신도 목숨만 부지한 채 귀양길에 올라야 했으니, 세상사 허망한 바람이었을 것이다. 죽란시사를 즐기던 그도 바람에 흩날리는 검불과 다름없었다.

중죄인일수록 임금이 계신 한양에서 멀리 있어야 하는 법, 남도의 강진에서 18년 동안 유배생활을 해야 했다. 곤궁한 입장에 처해서야 사물의 진실과 거짓을 구별할 수 있는 지혜를 얻게 되노라고 『유배지에서 보낸 편지』에서 그는 말하고 있다. 머리 숫자에 따라 세금을 물리자 자식을 그만 낳기 위해서 생식기를 잘랐다는 이야기를 듣고 쓴 시, 「애절양」에서 볼 수 있듯 당시는 부정부패가 극에 달해 있었다. 요지경 속 같은 세상사였다. 군정의 문란과 목민관의 부패와 사법기관의 불공평함을 손금 보듯 들여다보며 글쓰는 일로 자신을 달래야 했다.

귀양살이, 은둔과 침묵의 시간들이었다. 그러나 자신의 내면을 경작한 시기였다. 무려 오백여 권의 책을 저술하고 수많은 인재들을 교육시킨 다산의 업적으로 보건대, 유배 기간은 그에 있어서 인생의 황금기나 다름없다.

우리 역사상 가장 뛰어난 사상가이며 저술가이고 시인이었던 다산 정약용, 그도 한 사람의 인간이었음을 생각하면 마음이 아릿하다. 신문에서 본 '하피첩'이 생각난다. 병든 아내가 붉은 치마폭을 보내왔는데, 소책자를 만들어 서울의 아들에게 보낸 것을 하피첩이라 한다. 폐족이 된 아들에게 집안의 가르침을 몇 자 적어 보내는 마음의 참담함이라니. 삼 년 후엔 작은 족자를 만들어 시집가는 딸에게 주었다. 활짝 핀 매화가지와 유난히 작은 새가 그려져 있는 〈매화쌍조도〉다. 딸 부부의 행복을 기원하는 아버지의 마음이 녹아 있어 한참을 들여다본 기억이 있다.

18년간의 유배가 풀리어 서울로 올라가기 전에 그가 썼다는 정석 바위 앞에 서니 만감이 교차한다. 그의 나이 40세에 시작한 귀양살이가 57세에 풀렸으니, 유배지에서 인생의 황금기를 다 보낸 소회가 어땠을까. 그의 마음이 '정석'에 새겨 있지 싶어 한참을 바라본다. 힘이 있고 당당한 글씨다. 맨 손가락으로 바위를 쪼듯 자신을 안으로 새겨 넣은 세월이었다.

　만약, 정조 임금이 좀 더 살아 있었더라면 다산은 어땠을까. 군주 안에서의 개혁을 외치던 그의 행보가 궁금하다. 조선시대의 정치와 문화가 발전되어 시민 사회를 형성하고 근대화까지 이어질 수 있었을지. 나름대로 생각을 굴리며 다산 박물관이 있는 주차장까지 내려온다. 『경세유표』, 『흠흠신서』, 『목민심서』, 『마과회통』 등 이름을 외기 바빴던 책들을 생각하니 그동안 선생의 노고가 헤아려진다. 과골삼천(踝骨三穿)이란 말이 허투루 나온 말이 아님을 깨닫는다. 책상 앞에서 얼마나 긴 세월을 보냈기에 복사뼈에 구멍이 세 번이나 뚫렸을까.

　강진의 귤동 마을로 내려오니 눈을 사로잡는 게 있다. 연분홍 꽃들로 빈틈없는 나무다. 얼마나 큰지 집채만 하다. 배경으로 서 있는 산조차 초라하게 만들고 있다. 오천 년 역사의 정원에 심어있는 거대한 분재를 보는 것 같다. 아무리 누르고, 비틀고, 잘라 내도, 당당하고 기품이 넘치는 나무다. 분홍빛 꽃망울 가득한 그 나무가 다산의 현신 같아 자꾸 뒤를 돌아보았다.

고흐의 창가에서

시간이 흘러도 잊히지 않는 장면이 있다.

유명한 그림들 사이에서 보았던 한 장의 사진이다. 몇 년 전에 서울 시립 미술관에서 '불멸의 화가 반 고흐' 전을 했는데 거기서 한 장의 사진과 만났다. 그 사진은 걸작들을 설명하기 위한 하나의 자료에 불과했다. 그런데도 마음이 심란하거나 집중되지 않을 때면 흑백 사진을 떠올린다.

사진 속의 세상은 11월 말쯤으로 보인다. 고흐가 머물던 생 레미 병원의 바깥 풍경이다. 철조망의 병실 너머로는 추수 끝난 마을이 보이고, 오래된 과수 나무와 허름한 농가 두어 채가 빈 들판을 지키고 있다. 평범하기 짝이 없는 풍광을 그리운 눈빛으로 바라보았을 한 사내, 그가 바로 빈센트 반 고흐다.

사진이 현실 속의 그라면, 그림 속의 그는 정반대다. 〈생 레미 병원의 정원〉이란 그림에는 오월의 절정이 한없이 드러나 있다. 얼마나 화려하고 생기가 넘치는지 보는 이의 마음까지 환해진다. 병원의 작은 오솔길 옆엔 보랏빛 붓꽃들이 펼쳐 있고, 하얀 라일락꽃과 붉은 장미꽃, 그리고 이름 모를 꽃들과 초록 이파리들이 화폭 전체를 채우고 있다. 꽃들의 향기 너머로 꿀벌들의 잉잉거리는 소리가 들릴 듯하다. 화폭 속의 벤치에 앉아 차라도 한 잔 들면 천국이 따로 없을 것 같다.

〈생 레미 병원의 정원〉을 보면 화가의 내면이 드러나 있다. 고독과 질병 속에서도 오월처럼 화사하고 싶던 한 인간의 열망을 느낄 수 있다. 그림을 그릴 때만큼은 화가는 자연 그 자체였으리라. 오월의 바람이거나 자유로운 종달새 같다. 붓 터치 하나하나가 섬세하고 힘차다. 그림에 사인을 하며 미소를 머금었을 1889년 5월의 화가를 상상해 본다.

고흐는 1880년에서 1890년까지 근 십여 년 동안 작품 활동을 한다. 생 레미 시기는 1889년에 해당된다. 아를르 시대엔 노란색이 주조를 이룬 그림들이 많다면 생 레미 시대의 그림들은 초록색 계열이 자주 등장한다. 생 레미 시기의 그는 자연에 깊은 관심을 보였고, 빛과 형태를 표현하는 일에 집중했다. 발작에 시달리면서도 자신의 눈앞에 보이는 풍경과 사람들을 놓치지 않기 위해 온 힘을 다했다.

현실은 냉혹했다. 『고흐의 편지』란 책을 보면 고흐는 동생 테오에게 이렇게 적고 있다. '나를 먹여 살리느라 너는 늘 가난하게 지냈지. 돈은 꼭 갚으마. 안 되면 내 영혼을 주겠다.' 안 되면 내 영혼을 주겠다, 이 구절을 생각하면 슬프다. 영혼을 팔아서라도 닿고 싶은 곳이 있는데 보이는 현실은 그게 아니니. 인간을 외롭게 만드는 것은 꿈, 그것이다. 죽어라 붓질을 했지만 평생에 단 한 점의 그림만 팔렸던 화가였다. 동생만이 유일한 후견인이자 소통의 창구였다. 죽을 때까지 동생 생활비의 절반을 타서 써야 했고, 그림은 팔리지도 않았다. 사랑하는 여인들과 원만한 관계를 유지하지도 못했고, 무엇보다도 정신병원을 들락거려야 했다. 그럼에도 불구하고 '내 영혼을 주겠다'는 비장한 각오로 그림에만 매달렸던 화가이다.

언젠가 읽은 두보의 글이 생각난다. 어불경인(語不驚人)이면 수사불휴(雖死不休)라던 글이다. '내가 지은 시어가 사람들의 가슴을 치지 않으면 죽어서도 쉬지 않고 계속 시를 쓰겠다.'는 내용이다. '죽어서도 그냥 있지 않겠다'는 그 지독한 성실과 '내 영혼을 주겠다'는 고흐의 비장함이 맞닿아 있다. 위대한 결과는 쉽게 얻어지는 것이 아님을 깨닫는다. 자신이 선택한 일에 목숨을 걸어야 한다. 이생을 뛰어넘어 또 다른 생까지 지향하는 일이기도 하다.

고흐가 서 있었을 그 창가를 상상하며 내 자신에게 질문을 던진다. 내가 지향하는 창은 과연 무엇인가, 무엇이 보이는가, 자문해 본다. 보이는 것에 머물고 마는 내 시선이다. 보고 싶은 것만 보고, 인정하고 싶은 것만 인정한다. 주어진 사실조차 제대로 보지 못하는 경우도 많다.

창 앞에 선다는 것은, 본다는 것 그 이상이다. 단순한 시각에서 벗어나 내면을 투시한다는 것과 같다. 그런데 나는 자신의 시야를 뛰어넘지 못한다. 잘 본다는 것은 보이는 것 이상을 읽어 내는 것이다. 사물의 내면에 숨어 있는 것을 찾아내며, 창 너머의 보이지 않는 부분을 읽는다. 이런 안목은 직관으로만 얻어지는 것은 아니다.

창 앞에 겸손히 서야 한다. 끝까지 성실한 태도를 견지해야 뭔가 보이기 시작한다. 영혼을 내놓는 경외의 마음으로, 자신을 제물로 바치는 대담함으로 다가가지 않으면 창문 밖의 것을 온전히 볼 수 없다. 눈으로는 보더라도 제대로 느낄 수 없다.

어쩌면 고흐는 창의 바깥 풍경뿐만 아니라, 창 너머의 자신을 보고 있었는지도 모른다. 아니, 영원을 보고 있었는지도 모른다. 비록 현실에 갇혀 있지만 저 너머의 피안을 꿈꾸었던 것이다. 고흐, 그는 보이지 않은 것을 보고 있었다. 그리하여 시공을 초월해 살아남을 수 있었다.

후데기 가숙

늦가을 새벽, 누군가 길을 떠난다. 바튼 기침 소리가 방죽가를 돌아서면 어디선가 개가 컹컹 짖었다. 서리가 내린 들길을 걸어가는 잿빛 두루마기이다. 자신의 키만 한 자루를 들고 길을 나서는 사내, 후데기 가숙이다.

그를 생각하면 잊히지 않는 장면이 있다. 내가 엄마 치맛자락을 놓고서 처음으로 동네 언니와 오빠들을 따라서 세배 다녔을 때니 열 살 이내였을 것이다. 정월 초사흗날이나 되었을까, 신이 나서 세배 다닌 이야기와 얻어먹은 음식들을 할머니께 말씀드렸다. 끝으로 후데기 가숙네 세배 갔던 이야기까지 친절하게 덧붙였다.

"그 집에는 부러 가지 말아라."

암만 개명천지라 해도 세배 갈 필요까진 없다는 할머니 말씀이었다. 다른 댁의 세배는 그렇게 칭찬하셨음에도 후데기 가숙네에게는 단호했다. 실은 그 집이 가장 기억에 남았고, 무엇보다도 눈에 삼삼한 물건이 있었는데.

벽에 기대어 있던 긴 통이 아른거렸다. 길고 도톰한 나무통 위로 팽팽히 당긴 줄들과 수술들은 처음 보는 것이었다. 장난삼아 줄 몇 개를 잡아당기니 유장한 울림이 퍼졌다. 소리는 웅숭깊었다. 현의 떨림으로 방 안이 가득 차고, 내 마음도 현이 되어 출렁거렸다. 짧은 순간이지만 출렁거림은 내 영혼 어딘가에 박혔다. 꽹과리나 장구 소리와는 비교할 수 없었다. 정월 대보름날이면 동네를 흔들던 요란한 풍물놀이와는 음색이 틀렸고 울림의 깊이가 달랐다. 당시에는 그게 거문고라는 것도 몰랐다. 후데기 가숙네는 동네 모정의 팽나무 그늘 한 자락을 깔고 살았다. 모정에 딸린 집에 사는 그들은 아침마다 모정 마당을 쓸었다. 우리는 땅뺏기 놀이를 하다가도 그들의 손바닥만 한 마당까지 금을 죽죽 그어댔다. 싸리 울타리는 숨바꼭질의 은신처가 되었고, 뒷간이 생각나면 그 집으로 뛰어들었다. 그렇다고 그들이 동네 사람들과 크게 어울렸던 것 같진 않다.

후데기 가숙이란 이름도 아마 후덕(厚德)이네 가속, 즉 후덕이네 집안 또는 가족쯤으로 해석되는데, 아무개 양반이란 호칭이나 택호를 부르지 않고 그렇게들 불렀다. 늘그막에야 대접 삼아 '광수네 할매'나 '광수네 할배'로 불렸지만, 어른들은 '후데기 가숙'이란 이름에 익숙했다.

그들 내외는 좀 색다른 존재였다. 동네 사람들이 농사일로 바쁠 때도 그들은 하얀 얼굴이었다. 가을일이 끝나면 오히려 바빴다. 단정한 두루마기 차림에 중절모를 쓴 남자, 그의 길동무는 긴 자루 하나다. 지금 생각해 보니, 그는 남도 지방에서 유전하던 소리꾼이었지 싶다. 전라도 촌마을에서 거문고나 장구 하나로 자신의 삶을 지켜가고 있었다. 거개가 전답이나 부쳐 먹던 조촐한 농가들이지만, 밥술깨나 먹는 집에서는 일 년에 얼마씩이라도 곡식거리를 보내주었다. 또 근동에서 잔치가 열리면 소리굿판도 주선해 주었다.

"소리 하나는 일품이여."

할머니는 동네에 일류 소리꾼이 있다는 것을 대단한 자랑으로 여기셨다. 먼 친척이던 승지 영감네 회갑 잔치에 다리를 놓아 주고, 진외갓집 잔치에도 말을 넣어 주었다.

지루한 겨울밤이면 할머니는 후데기 가숙의 안사람을 불러들이곤 했다. 아까운 재주 때문인지, 시골 생활의 유일한 도락이었는지 소리를 청했다. 그런 날의 그네는 모정 뒤에서 섬처럼 살던 이가 아니었다. 그네가 장구채를 들면 좌중들은 숨을 죽이곤 했다. 벽의 그림자들도 조용했다. 남폿불 아래서 소리꾼의 유장한 가락이 펼쳐지면 시골 아낙들의 눈빛도 순하게 빛났다.

전라도 오지마을에도 전기가 들어오고, 라디오가 생기면서 소리를 듣는 일도 차츰 멀어졌다. 긴 겨울밤에 모여서 단가 몇 마디 듣는 것보다 라디오 연속극 듣는 게 재미있었다. 못자리나 타작마당의 홀태 앞에서도 넘실대던 육자배기 가락이나 흥타령이 줄어들었다. 또한 아침이면 단봇짐을 싼 사람들이 늘어갔다. 어제까지 담 너머로 수제비 돌리던 이웃들이 소리 소문 없이 대처로 떠나갔다.

남겨진 사람들은 세월에 밀려서 나이보다 더 먼저 나이가 들어갔다. 횃대에 걸려 있던 두루마기처럼 후데기 가숙의 거문고에도 먼지가 쌓였고, 산골에도 텔레비전이 들어오기 시작했다. 코미디 프로나 텔레비전 드라마에 갇혀 사람들은 마실을 다니지 않게 되었다. 명절 때면 레슬링 선수 김 일의 박치기 구경하느라 시간 가는 줄 몰랐다.

우리가 대처로 나온 후, 할머니는 외로운 말년을 보내시다가 세상을 뜨셨다. 그런데 그 어느 인척들보다도 섧게 울던 이가 바로 후데기 가숙의 안사람이었다. 할머니가 돌아가시기 전에 선사한 비단 두루마기 때문만은 아니었을 거다. 빠른 세월 속에서 '잊혀감'을 나누던 안타까움이었는지, 마지막 관객을 잃어버린 소리꾼의 신산함 같은 거였는지 잘 모르겠다.

할머니가 돌아가시고 두어 해가 지나서도 후데기 가숙네 안사람의 이야긴 인편을 타고 가끔 올라왔다. 떠난 이의 무덤가에 앉아 소주잔을 기울이며 흥얼거리더라는 늙은 소리꾼의 이야기다. 반

백의 소리꾼이 노을을 배경 삼아 단가 가락을 뽑아 올리면 바람이
이를 실어 마을까지 내려오고는 했단다.

"고창 성에 높이 앉아 나주평야 바라보니~~~~"

꽃은 혼자 피지 않는다

그냥 지나칠 뻔했다. 오종종한 키에 얼굴은 오이지 같아 영락없는 이웃집 아저씨였다. 그나마 갖춰 입은 두루마기 덕에 체신이 좀 있어 보였다.

그가 무대에 사뿐 올랐다. 쥘부채를 들고 몇 마디 사설을 하더니 목청을 뽑기 시작했다. 구음이다. 이는 소리꾼들이 목을 풀기 위해 하는 소리인데 가사가 없다. '아~~ 으~' 유장한 소리가 사람들 사이를 휘젓는다. 소리가 이쪽에서 저쪽으로 펄럭인다. 바람을 타고 파도로 굽이치다 사라진다. 다시 휘몰아치다 이어지는 소리의 파랑은 듣는 이의 마음도 출렁이게 만든다. 내 안에 잠들어 있던 심금도 중모리에서 자진모리로 이어지다가 소리의 발걸음을 따라 들판을 헤매고 하늘을 건넌다.

　그는 투명한 악기다. 누군가 하얀 두루마기를 켜는 것 같다. 작은 몸집에서 어찌 그런 소리가 나올까. 내용이 있는 것도 아니요, 가사가 있는 노래도 아닌데. 구음으로 반복되는 소리는 귀신을 부르는가 싶으면 혼령이 대답하는 것 같다.

　처음엔 글감을 찾을 요량으로 충청도의 구전 민요를 채록하다가 소리를 만났다 한다. 그러다가 우리 노래에 붙들려 소리꾼이 되었다. 소리를 할 때만큼은 생업인 공무원도 아니요, 소설가도 아니다. 신들린 무당 같기도 하고, 선계를 오르내리는 신선 같기도 하다.

　공주에서 왔다는 그 소리꾼 얼굴에 진땀이 맺히고 목엔 굵은 밧줄이 치솟는다. 왜 살집이 없는지 이해된다. 그의 얼굴엔 진땀이 흥건했다. 평생을 바쳐 한길을 좇는 것은 저리 진땀나는 일이리니.

　무엇인가에 매달린다는 건 삶의 우선순위를 그것에 두는 일이다. 시간을 바치고, 열정을 바치고, 생의 의미를 건다. 진정 포기할 수 없는 자기만의 벽(癖), 질병처럼 따라다니는 욕구, 그 고질병에 자신을 몰입시키는 것이다. 맹목적인 이끌림이 자신을 걸게 되는 벽(壁)이 될지 어떨지 계산하지 않은 채.

　들메끈을 고쳐 메는 자는 안다. 그 길이 비탈길이고 오르막길일지라도 끝내 가야 한다는 것을. 미친 듯이 노력하지 않으면 안 된다는 것을. 온 힘으로 매달리지 않고 최고가 되었다면 일찍 성공한 그것 때문에 쉽게 망할 수도 있다는 것 또한, 안다.

자신의 경계에 도전하는 것만큼 짜릿한 것도 없다. 끝까지 치닫는 소진의 상태, 몰아의 경지에서 물아일체가 되는 것, 그 경계점이 바로 삶의 지렛대가 된다. 아슬아슬한 그 경계점에서 꽃이 핀다.

꽃은 절로 피지 않는다. '불광불급'이란 말이 생각난다. 미치지 않는다면 결코 도달할 수 없다는 말이다. 미쳐야 꽃이 핀다.

단풍도 미쳐서 자신이 돌아가야 할 길을 아는 계절이다. 나도 미치고 싶다.

새로운 소설을 기다리며

어린 시절, 방학 때면 외가에 가는 게 좋았다. 두 시간 가까이 완행버스에서 터덜거리다가 흙먼지 뿌연 신작로에 내려지는 것도 겁나지 않았다. 삼거리의 점방에 들러 사탕 두 봉지를 사 들고 동생과 함께 들길을 걸어갔다.

뒤란의 대나무 밭이 울창한 외가는 먼 데서도 눈에 띄었다. 대문을 넘어서는 그림자만 보고도 외할머니는 뛰어나오셨다. 당신의 '내 강아지'들이 대청마루에 앉기도 전에 집은 활기로 가득 찼다. 우물에는 참외가 띄워지고 너른 함지박엔 수박이 잠겼다.

잠시 숨을 고른 후에 외할아버지 댁을 찾아가야 했다. 커다란 양곡 창고를 지나치면 추녀가 높다란 기와집이 있는데, 그곳에서 작은 외할머니와 함께 사셨다. 외할아버지는 풍채가 얼마나 좋은지 모시적삼 안에 등등거리를 입고 계신 모습이 커다란 백곰 같았다. 그 곁에는 작은 외할머니가 그림자처럼 앉아 계셨다. 본인 소생이 없어서 적적해 보이는 작은 외할머니에 대한 특별한 기억이 없다. 딱 한 번, 그때를 제외하고는.

언젠가 외할아버지가 제법 큰돈을 주셨다. 과자 값치고는 큰돈을 쥐어 주셨는데 작은 외할머니 표정이 이상했다. 꼭 오이 꼭지를 씹은 듯했다. 이후로 그 댁에 가면 일찍 자리를 떴다. 눈치도 모르는 외할아버지는 서운해 하셨지만, 진짜 외가는 외할머니 댁뿐이란 생각이 들었다.

너른 들판을 건너서 외가댁으로 돌아올 때마다 왜 외할아버지는 작은 외할머니 댁에만 머무시는지 궁금했다. 어린 내가 봐도 외할머니는 고운 분이셨다. 자그마한 키에 동그란 얼굴인데 목소리도 사분사분했다. 아침마다 동백기름을 발라 머리에 쪽을 지는 할머니 모습이 가지런한 참빗 같다는 생각이 들었다. 매사에 세심하고 정갈한 분이었다.

외가도 6 · 25 전쟁이 나기 전까지는 단란했다. 그러나 난리를 피해 산골로 들어가신 외할아버지가 그곳 여자를 데리고 오시면서부터 사단이 났다. 지아비의 목숨을 구해 주었다는 젊은 여자를 후실로 들어앉힐 수밖에 없는 외할머니였다.

외가는 늘 적막했다. 뒤란의 댓잎 서걱이는 소리가 사시사철 뜨락으로 기어들고, 울울한 그림자는 장독대까지 내려왔다. 눈 속의 동백꽃은 혼자 피었다 지고, 뒤란의 접시꽃도 홀로이 피었다 졌다. 아래채의 죽음기도 입을 다물고 있었지만 그런대로 외가는 평화로웠다. 외삼촌 부부가 갈라서기 전까지는.

초등학교를 졸업할 무렵인가, 도시에 사는 외삼촌 부부가 이혼 도장을 찍었다. 주위에서는 말들이 많았다. 이혼을 요구하는 외숙모가 독하다느니, 여자라고 참고 사는 세상은 지나갔다느니. 어쨌든 외삼촌 내외는 남남이 되었다. 그때가 육십 년대 후반의 일이니 당시로서는 흔치 않은 일이었다.

외숙모는 왜 이혼 도장을 찍었을까? 외삼촌의 불온한 사생활을 견뎌 내기가 힘들었던 것인지. 아니면 조강지처라는 이유로 참고 사는 외할머니의 삶을 지켜보면서 인내만이 능사는 아니라고 여겼던 것인가. 어쨌든 젊은 외숙모는 어린 아들을 두고 자유를 택했다. 말이 자유지, 익모초처럼 쓰디쓴 세월이었을 것이다. 참 당당하고 예뻤던 외숙모가 부평초처럼 떠돌다가 지금은 자리보전하고 계시다는 풍문이다. 그런 분이 당신의 시어머니였던 외할머니의 말년에 대해서 어찌 생각하셨을까 궁금하기도 하다.

외할아버지는 죽음의 그림자와 함께 본가로 돌아오셨다. 그해 봄을 못 넘기리라는 예상을 뒤엎고 몇 해인가를 더 살다 가셨다. 외할머니의 극진한 보살핌 때문이었으리라. 좋은 시절 다 보내고 풀기 빠진 모습으로 실려 온 지아비에 대한 감정이 어땠을지 궁금하다. 사랑이었는지, 연민이었는지, 혹은 운명이라고 생각하셨는지도 모르겠다. 어쨌든 생의 마지막까지 보살펴 드리다가 그 곁에 유택을 마련한 외할머니였다.

외할머니가 돌아가신 후로 외가댁에는 소원해졌다. 한참 후에야 성인이 된 외사촌을 만나게 되었다. 그것도 새해 첫날에 중앙의 일간지를 통해서다. 신춘문예 소설 당선자로 내 앞에 나타났다. 그녀의 작품을 읽으니 외가의 일들이 흑백 필름처럼 스쳤다. 첩실을 본 외할머니와 이혼과 재혼으로 이어지는 외삼촌의 이야기, 갈등의 가족사가 소설의 행간에 숨어 있었다.

가족이라지만 모래알처럼 버석거리는 마음이었을 것이다. 외사촌 여동생은 재혼 가정의 마찰음을 지켜보며 성장했다. 수건돌리기 놀이하듯 상처를 던지고 모른 척 달려가는 가족이었다. 이혼한 부모에게 복수하는 심정으로 돈을 탕진하는 이복 오빠, 손자에 대한 연민으로 평생을 전전긍긍하는 할머니, 그리고 새엄마라는 이유로 숨죽이고 사는 자신의 어머니를 지켜보며 성장한 외사촌 여동생이다. 이를 잊기 위해 그녀는 글 속으로 숨었나 보다. 외할머니가 뒤란에 꽃들을 심어 놓고 그 그늘 아래서 숨고르기를 했던 것처럼, 여동생은 자신만의 글밭에서 마음을 다독이며 살아왔다.

외사촌 여동생은 독신이다. 여성으로서 많은 것을 경험할 나이인데 미혼이란다. 굳이 독신을 주장하는지 어떤지는 모르지만 사진 속의 그녀는 자유로워 보였다. 풍성한 머릿결 때문인지도 모른다. 시대에 따라 머리 모양이 다르듯, 삶의 모습들도 제각각이다. 올곧은 가르마 같은 외할머니, 자유롭게 살고 싶었던 파마머리의 외숙모, 긴 생머리의 외사촌 여동생 모습이 다르다. 한 가족이지만 시대와 환경에 따라 각각의 삶을 추구하며 살아왔다. 온몸으로 자기만의 책을 쓰며 살아온 셈이다.

지금 외사촌은 어떤 글을 쓰고 있는지 궁금하다. 갈등과 상처 속에서도 서로를 눈물겹게 끌어안는 가족 이야기나, 무엇에도 매이지 않는 자유로운 영혼의 이야기를 듣고 싶은데. 아무렴 어떤가, 어떤 모습으로 살든 그녀 몫이다. 자신이 선택한 길에서 당당하기를 빈다. 어디서든 온전하게 자신의 삶을 살고 있는 그녀를 만나고 싶다. 눈물로부터 작품을 썼듯이 슬픔으로부터 인간을 이해하는 작가의 혜안을 만났으면 좋겠다.

그녀의 새로운 소설이 기다려지는 이유이다.

표현 대리

승강기에 빨려 들듯 들어갔다. 6층 버튼을 누르려는 찰나에 한 남자가 헐레벌떡 승강기 안으로 뛰어들었다. 그도 나만큼이나 바쁜지 숨을 몰아쉬었다. 그런데 어딘가 낯이 익다. 벽 거울에 비친 남자를 슬쩍 보았다. 약간 각이 진 독특한 턱선과 잘 빗어 넘긴 머릿결이 매력적이다.

"저어, 혹시 표현 대리 아십니까?"

무슨 말이지? 표현 대리라, 표 대리도 아니고 그런 말이 있었던가. 내 머릿속에서 자갈들이 구르기 시작했다. 다소 애매한 미소로 답하니 그도 멋쩍은 표정을 지었다. 내 머릿속은 다시 와글거렸다. 표현 대리라면 민법 책 어디선가 본 것도 같은데 잘은 모르겠다.

그런데 이 남자는 암만 봐도 낯이 익다. 어디서 보았더라?

5층이다. 그가 용수철처럼 뛰어나갔다. 5층 강당에는 많은 사람들이 모였다. 커다란 현수막이 걸려 있다. '효행 대회'라는 글자를 보자 웃음이 스쳤다. 표현 대리가 아니고 효행 대회를 물었는데 내가 잘 몰랐던 것이다. 그런데 내 귀엔 왜 그렇게 들렸는지. 더위 탓인가, 귀까지 장식용이 되어 버렸나. 나도 저기 모인 어르신들처럼 부채나 부치며 효행 대회 구경이나 해야 되는지.

며칠 후, 뉴스를 보다가 반가움에 소리를 지를 뻔했다. 그 남자가 거기 있었다. 텔레비전 화면 속에서 뉴스를 진행하고 있었다. 지방 방송국 진행자는 단정한 자세로 그날 5층의 효행 대회를 소개하고 있었다.

나는 슬그머니 일어나 식탁 앞으로 갔다. 기억력 개선에 도움을 준다는 알약을 삼켰다. 가만, 아침에 먹고 또 먹는 셈인가. 하루에 두 알 먹는다고 무슨 일이 생기겠는가. 머리 회전이 더 빨라지면 이 또한 좋은 일이겠지. 나이 들수록 배짱만 늘어 간다. 그런데 표현 대리가 무슨 말이었더라?

가면 놀이

고개를 살짝 돌리거나 소매만 스쳐도 얼굴이 바뀐다. 어찌나 날렵한지 눈 깜짝할 새에 다른 모습이다. 이것이다 싶으면 저것으로 변하고 저것인가 하면 또 다른 얼굴이어서 보면 볼수록 신기했다. 그리고도 모자라 마지막에는 맨 얼굴에 그림을 그렸다. 형형색색으로 칠한 얼굴에 반짝이는 두 눈이 기이하다. 실제 모습을 드러내는 것이 얼마나 두려우면 얼굴에 그림까지 그리는지 궁금하다.

중국 북경의 '라오서 차관'에서 본 변검 공연이다. 천안문 가까이 있는 그곳은 라오서의 『차관』이란 희곡에서 비롯된 찻집이다. 차를 마시며 전통 공연을 볼 수 있기 때문에 외국인들에게도 유명하다. 미국의 최고 정치인들도 다녀갔다는 사진이 즐비하다. 주로

경극, 무술, 변검 등을 보여 주는데 그중에서도 변검이 신기했다.

변검 공연을 보면서 감회가 새로웠다. 라오서의 일생과 무관하지 않아서다. 그는 19세기 말에 영국 유학을 다녀왔으며, 당시 북경의 서민상을 그린 소설로 미국에서 베스트셀러 작가가 되었다. 그러나 조국의 근대화에 기여코자 했던 작가 라오서는 문화대혁명 시절에 주검으로 발견된다. 호수에 빠져 자살한 것으로 발표되지만 진실이 무엇인지는 알 수 없다. 죽은 자는 말이 없기 때문이다. 당국의 발표대로 그가 어린 홍위병들로부터 당한 모욕 때문에 호수에 뛰어든 것인지, 아니면 자살을 가장한 타살인지 알 수 없다. 10여 년이 지난 뒤에야 그는 복권되었고, 라오서 문학관과 라오서 차관이 북경에 세워지는 영예를 얻었다.

시간은 정직하다. 때가 되면 숨은 얼굴이 드러난다. 의문사를 당했던 라오서는 복권되었고 홍위병들의 본 모습이 밝혀졌다. 마오쩌둥이 조직했던 소년병 부대는 권력자의 또 다른 얼굴이었다. 문화대혁명 시절에 그들은 무사를 선전하는 거리의 악사와 같았다. 그들만의 '애국'은 거대한 폭력이었다. 홍위병은 젊은이들의 열정과 맹목을 이용한 마오쩌둥의 또 다른 가면이었다.

이런 일들이 어찌 정치권에서만 난무하겠는가. 삶 자체가 하나의 가면놀이와 다를 바 없다는 생각이 든다. 표면적인 얼굴 외에 여러 모습을 감추고 있다. 누가 더 완벽한 탈을 가지고 있는가, 그럴듯한 얼굴을 가지고 있는가는 그 사람의 능력에 속한다. 순간순간 필요에 의해 변검놀이를 한다. 자신의 의도나 심정을 감추고 싶어서 또 다른 얼굴로 무장하는 것이다.

원시시대에는 사냥이나 싸움 때문에 가면이 필요했다. 다양한 색깔과 독특한 문양으로 장식한 원시 가면 대신, 요즘 시대에는 여러 얼굴로 자신을 감추고 산다. 시대도 달라졌고 환경도 좋아졌지만 자신을 온전히 드러내기가 힘든가 보다. 상대의 숨은 얼굴을 느낄 때면 움찔한다. 어둡게 빛나는 눈빛을 보면 이 사회가 또 다른 정글임을 깨닫는다.

내 안에도 가면이 있다. 보고 또 보아도 새로운 얼굴로 변하던 변검처럼, 여러 모습이 있다. 친절한 척하거나 관대한 척하는 모습도 하나의 가면이다. 대범한 척하는 것도 만들어진 얼굴이다. 때에 따라 닮고 싶은 얼굴을 골라 쓰고 있는 셈이다. 진짜 내 자신은 형편없기에 가면을 쓴다. 그래야 안전하다고 다독이면서. 어떤 때는 스스로도 속아 넘어간다. 진짜 그런 것처럼 행동하다 보면 어떤 것이 내 모습인지 구분이 안 될 때도 있다. 이런 경우는 내 가면놀이가 성공하고 있는 것인가.

그러나 시간이 지나면 답답하다. 어색해서 견딜 수 없어지는 순간이 온다. 자신의 본질을 거스르는 일이 쉽지 않은 까닭이다. 가면은 빌릴 수 있지만, 영혼은 빌릴 수 없음을 잊은 것이다. 그것은 내 얼굴이 아니다. 잘 맞지 않는 탈을 쓴 것처럼. 숨 막히고 땀이 나는 것은 탈에 가려진 얼굴뿐이 아니다.

진실이란 때로는 곤혹스럽다. 타인의 눈을 통해서 자신을 확인할 때가 많다. 지인의 모습 속에서 내 자신을 보는 경우가 종종 있다. 역지사지라지만 이럴 때는 쓴웃음이 나온다. 며칠 전에 어떤 친구가 한 말이 떠오른다.

"나는 뒤끝이 없어."

그러면서 말들을 주르르 쏟아냈다. 끈 떨어진 목걸이처럼 쏟아지고 흩어지는 말들의 파편이었다. 난감했다. 나를 힘들게 하는 것은 자신의 솔직함을 믿는 그의 단호함이었다. 그도 '솔직함'이란 가면 뒤에 숨어서 제 할 말을 다 하고 있었다. 때론, 여지없는 단호함과 솔직함도 폭력이다. 그의 토설 앞에서 할 말을 잃었다. 그것은 솔직함을 가장한 철벽이었다. 순간, 상대가 가면 속에 숨어 있다는 사실을 잊었다. 그도 상처를 두려워하는 연약한 사람이라는 것을 다시 생각할 때까지 많은 시간이 걸렸다. 가면 뒤에 숨은 또 다른 마음을 읽지 못한 것이다. 차라리 나는 상처받기 싫고, 약한 모습을 보이는 것은 자존심이 상한다고, 그가 좀 더 우회적으로 표현하면 좋았을 터인데.

적당히 세련된 가면을 마련하지 못한 나 또한, 그 친구의 두려운 마음을 안아 주지 못하고 억눌린 심정을 글로나마 풀고 있으니, 참!

이런 경우에는 어떤 가면이 어울릴까?

이름에 대하여

이름이 바뀌었다.

보고 또 보아도 어색하다. 지인의 행사에 꽃바구니를 보냈더니 꽃집 주인이 강제로 개명했나 보다. 앞뒤가 바뀌어도 여전히 그저 그렇다.

내 이름은 투박한 편이다. 초면에 전화를 걸어온 이들은 의외의 여자 목소리에 놀란다. 사람들이 많이 모이는 세미나에 가면 청일점으로 오해하기도 하고, 핸드폰의 이름만 보고 남성으로 착각하여 아내를 의심했던 지인 남편의 웃지 못할 이야기도 있다.

이름이 특이하다고 불편한 일만 있는 것은 아니다. 어느 해 연말엔가 지방 문단 행사에 갔는데, 나를 주목하는 시인이 있었다. 암만 봐도 생면부지인데 또렷이 기억하고 있었다. 그의 기억을 쫓아가 보니 삼십여 년 전의 일들이 거짓말처럼 숨어 있었다. 그는 내 친구의 군대 후임이었는데 친구의 부탁으로 내게 편지를 보냈다 한다. 글 솜씨가 좋아서 일종의 대필 작가 노릇을 했던 것이다. 편지지 행간에 숨어 있던 이가 시인이 되어 나타나다니. 그의 탁월한 기억력과 흔치 않은 내 이름 덕분에 우리는 생면부지 관계에서 안부를 주고받는 선·후배 관계가 되었다.

내 이름은 단번에 알아듣기는 어렵지만, 한번 기억하면 쉽게 잊지 않는 것 같다. 이런 투박한 이름이 나와 어울리는 듯도 싶고 무엇보다도 아버지의 마음을 알 수 있어서 애착이 간다. 아버지는 내 이름에만 집안의 항렬을 따르게 하셨다. 맏딸에 대한 당신의 애정과 기대를 짐작하게 되는 부분이다. 또한 내가 옆집의 미순이나 영자처럼 살기를 바라시진 않았을 거라는 묘한 믿음도 있다.

이름은 그 사람의 내면화에 기여한다. 그래서 좋은 이름을 지으려고 작명소의 도움을 받기도 하고 국어사전을 펼치며 궁리에 궁리를 더한다. 평생 동안 불리는 이름이다. 그것을 통해 자아 존중감을 얻을 수 있다면 이보다 귀한 것도 없다. 누구에게나 잘 기억될 뿐 아니라 부를 때마다 복을 부르는 이름이라면 얼마나 좋을까.

이름은 하나의 기호이다. 그 사람에게만 주어진 특별한 의미이자 상징이다. 그가 보낸 시간의 풍경에 따라 단순한 명패로 남기도 하고, 누구나 부러워하는 존재의 집으로 완성되기도 한다. 이름은 그 값을 요구한다. 제값을 지불하지 못하면 아무렇게나 구겨지거나 버림을 당하기도 한다. 살아서도 죽어 있는가 하면, 죽어서도 영원히 살아 있는 게 사람의 이름이다.

선배 중의 하나는 이름을 뒤집어서 성공했다. 평범하기 짝이 없는 글자를 앞뒤로 뒤집어 부르니 신선한 이름이 탄생했다. 깜찍한 발상은 시적 상상력에도 적용되는지, '자영'이란 이름으로 불리는 그 선배는 시인으로서도 알아준다.

내 이름은 뒤집어도 그저 그렇다. 꽃집 주인도 착각할 만큼 신통찮은 이름임을 다시 확인했다. 이름을 뒤집는다고 인생이 달라진다면 얼마나 좋겠는가만, 지금 이름이나마 잘 가다듬고 가꾸어야겠다.

시계가 궁금하다

잘 버리는 연습이 필요하다. 여지가 있어야 새로운 것이 들어온다. 잘 버리는 건 잘 살아가는 증거이다. 이삿짐을 정리하면서 몇 번이고 중얼거린 말이다. 그러던 중에 서랍 귀퉁이에 잠들어 있는 낡은 손목시계를 발견했다. 한참을 들었다 놓았다 하는데 먼 시간 속으로 내 기억의 초침이 분주하게 움직였다.

오래전, 아버님의 삼우제를 지내고 나서 어머니가 우리 부부에게 작은 물건을 건네주셨다. 낡은 시계였다. 주인의 시간은 정지되었는데도 시계 바늘은 정확하게 움직이고 있었다. 시곗줄을 보니 아버님 손목이 얼마나 가늘었는지 짐작이 가고도 남았다. 저 한 줌도 안 되는 손목으로 살다 가셨구나 싶으니 울컥했다. 아무 말 없이 바라보는데 '네 아버지가 너희 주라고 했다'는 어머니 말씀이 메아리처럼 멀게 들려왔다.

　오랜만에 그 시계를 다시 보게 되다니. 서랍에서 잠만 자던 그것을 정리 삼아 밖으로 내놓았다. 남편이 안으로 집어넣었다. 유행 지난 고물인데다 요즘 누가 구식 시계를 차는가, 나는 다시 내놓았다. 남편도 질세라 챙겼다. 그럴수록 나는 고약을 떨고 싶었다. 그 시계가 아버님이 남긴 유일한 물건이라는 걸 알면서도 그랬다.

　실은 나 스스로에게 화가 나 있었다. 묵은 살림들을 정리하다 보니 볼품없는 세간들이 내 자신 같았기 때문이다. 열심히 산다고 살았는데 겨우 이 모양인가 싶었다. 내일을 위해 오늘을 참았는데, 내가 원하는 내일과는 한참 거리가 있다. 어쩌면, 내가 꿈꾸는 내일은 영원한 거리 밖의 모습인지도 모른다 싶으니 속이 상했다. 만만한 게 헌 살림들이라 화풀이를 하는 참이었다. 그런 내 속도 모르고 남편은 시계를 가지고 자리를 떴다.

　이삿짐을 푼 그해 겨울은 유난히 추웠다. 우리 가족은 심리적인 감기몸살까지 앓고 있었다. 경제적으로 무리를 해서 집을 샀기에 작은 일에도 예민했고, 이사한 것이 잘한 일인지 판단이 서지 않아 마음이 불편한 시간들이었다.

　이런 내 속도 모르고 친구가 전화를 해왔다. 금은방에 가자는 거였다. 텔레비전 뉴스에서는 금값 폭등이란 말이 매일 쏟아지는데 재테크에 민감한 그녀가 이런 호기를 놓칠 리가 없다. 집에 금송

아지라도 키우는 모양인지 금 이야기만 나오면 말이 많아지는 친구였다. 불안정한 세계정세 때문에 금값이 천정부지로 치솟는다는 뉴스를 볼 때마다 덩달아 나도 널을 뛰는 기분이었다.

이럴 때 숨겨 둔 금붙이라도 있다면 얼마나 좋을까.

아무리 뒤져도 목돈이 될 만한 금덩어리는 없고, 빈손으로 가기는 뭐해서 아버님의 헌 시계를 들고 따라나섰다. 거름지게 지고 친구 따라 장에 가는 꼴이었다.

금은방 주인과 친구는 잘 아는 사이 같았다. 현재 금 시세가 어떻고, 매도 시점이 언제고, 여러 정보를 나누었다. 나는 꿔다놓은 보릿자루 같았다. 먼 나라의 이야기마냥 귀동냥하다가 내 주머니를 디밀었다. 금은방 주인은 눈길도 주지 않았다. 보나마나 뻔한데 알아서 뭐하겠느냐는 심사였다. 물러서지 않고 시계를 만지작거리자 마지못해 시약을 떨어트리고 감정을 했다. 그런데 그의 표정이 바뀌었다. 금이 맞기는 맞다고 했다. 시곗줄이 십사금이라고 했다. 이번에는 내가 믿기지 않았다. 촌스럽게 누르뎅뎅하던 시곗줄이 반짝반짝 빛나 보이는 거다. 갑자기 내 마음도 금박을 입힌 듯 환해졌다.

돌아오는 길에는 누군가와 스치기라도 할까 봐 조심스러웠다. 얼마 전까지 고물 운운하던 내가 아니었다. 그것은 살아 있는 유물이며 무언의 말씀으로 다가왔다. 새로 얻은 가보라도 되는 양 소중히 안고 돌아오는데 아버님의 시간들이 스쳐 지나갔다.

아버님은 일제 말기에 소학교를 다닌 분이다. 6·25 전쟁에 참전했다가 철원 부근에서 목숨을 잃을 뻔했다. 유탄이 박힌 몸을 어쩌지 못하고 한 집안을 일으켜 세워야 했다. 허약한 몸으로 여섯 남매를 성장시키자니, 멍에를 멘 소처럼 힘든 세월을 보내셨다.

누구에게나 어쩔 수 없이 통과해야 하는 시간이 있다. 아버님 세대는 그런 기간이 길었다. 선택이 아니라 해내는 것, 그것만이 유일한 길이었다. 자유나 꿈을 생각한다는 것 자체가 사치였다. 살아내는 것은 산 자의 거룩한 책무였다. 가장으로서의 굴레를 지고 어려운 시기를 헤쳐 나온 어른이었다. 아버님의 금시계, 그것은 한평생을 농사꾼으로 살아온 스스로에게 준 선물로 보인다. 열심히 살아온 자신에게 헌정한 일종의 훈장이 아닐까 싶어 새롭게 다가온다. 그런 줄도 모르고 시계를 버리고 싶어 했으니.

시계를 남기신 이유가 궁금하다. 그것도 아무 말씀 없이. 장남으로서 가계를 잘 이어 가라는 의미였는지, 힘들 때마다 아버지의 시간들을 떠올리며 잘 살라는 무언의 격려인지 여러 생각이 오간다.

어쩌면, 물건의 가치를 돈으로 환산하기 좋아하는 나를 꿰뚫어 보셨는지도 모르겠다. 나는 보이는 것에 자주 흔들린다. 결핍에도 민감하다. 예전에 비하면 풍요롭기 짝이 없는데도 상대적인 박탈감에 시달린다. 전쟁의 폐허 속에서도 맨몸으로 일가를 이룬 아버지 세대에 비하면 얼마나 호강을 누리는가.

살아 있는 한 누구나 대가를 치르면서 산다. 이렇게 생각해도 힘들 때가 많다. 마음의 부요를 얻지 않는 한, 상실감과 박탈감은 나를 끌고 다닐 것이다. 위를 보고 비교하기 시작하면 끊임없이 흔들릴 수밖에 없다. 이 가벼운 세상에서 삶의 중심을 어디에 두어야 할지. 나름의 자존감을 유지하려면 어떻게 살아야 하는지. 생각할수록 쉽지 않은 문제이다.

서랍을 열면 아버님의 시계가 한눈에 들어온다. 반짝반짝 빛나 보인다. 예전에는 고물에 불과했지만 요즘은 많은 생각을 불러일으키는 그것이다. 무언의 유언 같은, 혹은 작은 위로 같은 시계를 다음 세대인 아들에게 전할 수 있어서 기쁘다. 삶이 팍팍한 날이면 아버님의 시계를 들여다본다.

사고 치다

그날따라 제시간에 퇴근한 남편이 한마디 던졌다.

"어이, 당신 좋겠다."

"왜? 요즘 같은 날에 몬 좋은 일이 있다고."

뒤숭숭하기 짝이 없는 날들이다. 나라 밖에서는 테러가 어쩌고 난민이 어쩌고, 나라 안에서는 지진이라느니 북한의 핵 개발이라 느니 복잡한 소식들이 난무하는데 뭐 좋은 일이 있을까나.

"우리 팀, 유 대리가 당신 사고 쳤냐고 그러더라?"

"무슨 소리래?"

큰소리쳤지만 벌써 주눅이 든다. 최근에 친 대형사고가 터질 차 례다. 지난번 카드 할부 값도 다 못 갚았는데. 이번 달부터 카드값이 장난 아니게 나올 거다. 친구 따라 백화점에 간 게 잘못이었다. 역시즌으로 겨울옷을 팔기에 비싼 모피를 샀다. 새 옷 산다고 젊어지는 것도 아니고, 모피 입고 나들이 갈 데도 없으면서 일을 저질렀으니.

"당신이 사고 친 거 같대."

그 여자 귀신같네. 내가 사고 친 것을 어떻게 알았을까. 회사에서 집안일을 미주알고주알 다 말하니 여직원이 사고 운운하지 뭐.

"이 사람아, 학교 다닐 때 사고 쳤나 그러더라고."

"어머, 그 여자 생사람 잡네."

내 목소리가 커졌다. 어제 오늘 일도 아니고, 학교 다닐 때 사고 운운하다니 해도 해도 너무하다. 그래, 털어 먼지 안 나는 사람 있나, 있으면 나와 보라고. 속에서부터 튀어나오는 말을 간신히 참았다.

"허허, 발끈하기는. 난 기분 좋던데."

"???"

"당신 젊어 보인다고, 애들 엄마 같지 않대. 학교 다닐 때 사고 쳐서 결혼했냐잖아."

"아하~~ 젊어 보인다고? 그거야 뭐."

뽀쪽하게 올라오던 감정이 금방 수그러든다. 눈초리 대신 입꼬리가 올라간다. 남편도 기분이 좋은가 보다. 그런 사고라면 수백 번도 쳐 줄 수 있다. 나는 슬쩍 거울을 들여다본다. 낯선 여자가 빤히 쳐다보고 있다. 염색한 지 오래되었는지 옆머리가 희끗거린다. 입가엔 팔자 주름이 잡히기 시작한다. 입에 바람을 넣어 풍선처럼 부풀려 보지만 그저 그렇다. 갑자기, 유 대리가 눈물 나게 고맙다. 생긴 것은 수더분하던데 참 센스 있는 여자다. 나이 들어가는 여자의 서글픔을 한마디로 위로해 준 그녀, 참 생각이 깊다.

그녀 덕에 젊고 넉넉한 여자가 되어 본다. 오늘 하루만이라도 그래 본다.

열리지 않는
창
문

권력의 시작은
사람의 마음을 얻는 것으로부터
출발하지 않던가

할 말이 있는가

여고생 때의 일이다. 바깥세상은 유신이네 뭐네 뒤숭숭했지만 우리는 잘 익은 꽈리처럼 부풀어 있었다. 무언가 쨍하고 신나는 일이 생기면 단숨에 까르르 웃고 넘어갈 기회만 엿보고 있었다. 그러나 예나 지금이나 고3이란 족쇄는 우리를 꼼짝 못하게 했다. 담임 선생님의 과도한 열정 때문에 쉬는 시간에도 쪽지 시험에 얽매여 전전긍긍했다. 시간이 지날수록 아이들은 꾀를 내기 시작했다. 옆 사람의 시험지를 힐끔거리거나, 몰래 노트를 살펴보거나, 내놓고 남의 답안지를 베끼기 시작했다. 성적과는 무관한 쪽지시험이라서 대충 쓰고 벗어날 궁리를 하다 보니 공공연하게 커닝하는 분위기였다.

어느 날, 선생님은 비장한 목소리로 편지 한 장을 읽기 시작하셨다. 교실 뒤에 익명함이라는 작은 통이 있는데 누군가 거기에 편지를 써 넣은 모양이었다. 담임 선생님 뒤에서 내놓고 부정행위를 하는 것은 선생님에 대한 예의가 아니라는 내용이었다. 당사자 편에서 보면 자기 고백이었고, 반 아이들 입장에서는 내부 고발인 셈이었다. 불편한 진실 앞에서 아이들은 숨을 죽였다. 교실은 묘한 공기로 가득 찼다. 염치없는 상황에 반성하기보다는 서로를 의심의 눈초리로 훑어보기 바빴다. 스스로를 정의의 사도라고 믿었던 어린 고발자는 배신자로 낙인찍히는 분위기였다.

그 사건 후로 나는 단짝 친구와 눈을 마주치기가 힘들었다. 성실하고 정의감 강한 그 애를 보면 물음표가 떠올랐다. 하지만 진실은 판도라의 상자일 때도 있다. 모른 척 지나치는 게 나아 보였다. 대신에 단짝과 거리를 두었다. 아닌 것을 아니라고 말할 수 있는 그 애가 멋지다고 생각하면서도 내놓고 두둔할 수가 없었다. 교실 분위기를 잘 알고 있었기에 덤으로 나까지 배신자로 낙인찍히고 싶지는 않았다. 비겁했지만, 소심한 내가 할 수 있는 최선의 방어책이었다. 그 일 후로 나는 눅눅한 김처럼 구겨진 채 여고 시절의 끝자락을 보내고 말았다.

가끔 그 친구가 생각난다. 부정행위하는 반 분위기에 대해 아무렇지도 않은 척 지나갔다면 어땠을까 하는 자문자답을 해 본다. 한통속이 되어 훔쳐보고 베끼면서 우정은 도타워졌을지 모르지만, 진짜 필요한 것들을 잃었지 싶다.

　세상에서 나쁜 일들이 어찌 커닝뿐이겠나 싶다. 예나 지금이나 크게 변한 것은 없다. 학급이라는 공동체가 더 큰 사회로 확대되었고, 커닝은 더 큰 불의들로 바뀌었다. 많은 사람들이 옳지 않다는 것을 알면서도 못 본 척 넘어간다. 같은 집단 내의 비리를 고발하는 일은 용기가 필요하다. 자칫하면 내부의 적으로 분류되어 배척당할 수도 있고, 공동체 내에서 눈엣가시처럼 왕따를 당할 수도 있다. 그래서 진실을 알면서도 모르쇠를 택하는 것이다.

　몸을 사리고 조용히 눈 감고 넘어가는 것이 삶의 지혜라고 생각하는지도 모른다. 때로는, 작은 불법에 익숙해지는 것이 '사회화'의 한 과정이라고 여기기도 한다. 혼자 하면 두렵지만 여럿이 하면 당당해지는 게 사람들의 심리다. 불의도 거듭되면 권리가 되는 세상이다. 다수가 행한다고 다 정의가 아니라는 것을 알면서도, 쉽고 편한 쪽을 택하는 것이다. '아니다'라고 말하는 데는 용기가 필요해서다.

　우리는 내부 고발자들을 공공의 적으로 생각하는 경우가 많다. 그들이야말로 공적인 이성을 유지하는 역할인데 반동분자로 몰아간다. 불의를 불의라고 말할 수 있는 용기는 존중받아야 마땅한데 그런 일에 무관심하다. 부끄러움을 모르는 공동체는 서서히 죽어가는 집단이나 다름없다. 누군가의 유익을 위해서 다수의 권익이 통제되고 조율되는 것을 고발할 수 있는 힘이야말로 건강한 사회의 증거라고 믿는다. 세상은 저절로 좋아지지 않는다는 말이 떠오른다.

제네바의 유엔 유럽본부 앞 분수 광장에 특별한 조각상이 세워졌다는 보도를 읽은 적이 있다. 이탈리아의 조각가가 만든 실물 조각상들로 '할 말이 있는가'라는 프로젝트의 일환이다. 미국 국가안보국(NSA)의 무차별 도·감청 실태를 폭로한 에드워드 스노든, 정부나 기업 등의 비리를 폭로하는 전문 사이트인 위키리크스의 설립자 줄리언 어산지, 위키리크스에 수많은 외교정보와 군 기밀 정보문건을 넘겨준 브래들리 매닝이 의자 위에 서 있는 작품이다.

그들의 조각상 옆에 또 하나의 빈 의자가 있다. 무슨 말이든 상관없으니 하고 싶은 말은 하라는 의자다. 설령 어린이일지라도 거리낌 없이 말할 수 있다는 의자가 묘한 울림으로 다가왔다. 우리의 광화문 광장이나 서울역에도 이런 의자가 생긴다면 어떨까.

나이 들수록 바른 말하기 어려운 세상이라는 걸 깨닫는다. 누군가 쓴소리를 하거나 바른 제보를 하면 이상하게 굴절되는 경우를 본다. 원칙 없는 사회가 갖는 함정이다.

세상이라는 광야에서 당당하게, 아니라고 외치는 이들이 그리운 시절이다.

이틀 동안

사람이 살면서 가지 말아야 할 곳이 딱 두 군데가 있는데 법원과 경찰서다. 생각지도 않은 법원에서 연락이 왔다. 달력에 빨간 줄을 그어두고 안내문을 여러 번 읽었다. 출두 날이 다가올수록, 얼레에서 실이 풀리듯 여러 생각이 흘러나왔다.

당일, 법정에 일찍 도착했다. 몇몇 절차를 거친 후에 배심원 선서를 할 때는 나도 모르게 긴장되었다. 한편으로는 눈동자를 이리저리 굴리며, 엄숙한 재판정 분위기에 익숙해지려 애썼다.

배심원제도를 처음 접하게 된 것은 고등학교 때로 기억한다. 그것도 외국 영화를 통해서였다. 당시에 〈주말의 명화〉란 외화 방영 프로그램이 있었는데 외화를 보면 배심원들이 등장할 때가 있었다. 그 제도가 신기했다. 딱딱한 법률이 놓치지 쉬운 부분을 인간적인 정서로 이해하는 것 같아 흥미로웠다.

우리나라에서는 2008년에야 국민참여재판에 관한 법률이 통과되었다. 여론재판이니 감성재판이니 말이 많았지만 차츰 자리 잡아 가고 있다. 나 같이 평범한 이에게도 기회가 온 걸 보면 반응이 괜찮은 모양이다.

그날의 피고인은 늙수그레한 남자였다. 반백의 머리에 초라한 미결수 차림의 남자를 보면서 딱하기도 하고 한심하기도 했다. 피고인이 유죄로 확정판결 받기까지는 아무런 죄가 없다는 '무죄추정의 원칙'을 배웠지만 부정적인 선입견이 드는 것은 어쩔 수 없었다.

시간이 지날수록 재판정의 분위기는 뜨거웠다. 불꽃 튀기는 심리전과 공방전이 이어졌다. 이쪽 말을 들으면 이쪽이 그럴듯하고 저쪽 말을 들으면 저쪽도 다 이유가 있었다. 말의 홍수, 증거의 홍수 속에서 혼란스러웠다. 단 이틀도 이렇게 머리가 아픈데 재판관들은 어떨까 싶었다. 유리창을 통해 환히 내려다보듯 진실과 거짓을 가려내야 하는 입장이다. 판단은 공정하고 적절해야 한다. 사건당사자들은 공감을 원하지만 섣불리 누구의 손도 들어 줄 수 없는 입장이다. 온정과 냉정 사이에서, 쏟아 놓은 말들과 증거들 틈에서 진실을 찾아내기 위해 고심해야 하는 재판관들이다.

이튿날 늦게까지 재판이 이어졌다. 계속되는 심리와 변론 속에서 내 머릿속도 복잡했다. 다른 배심원들은 어떤 생각일까 물을 수도 없었다. 규정상 사건에 대해 일체의 이야기를 나눠서는 안 되기 때문이다. 이틀 동안 입을 다물고 지내니 내가 갇힌 기분이었다. 일곱 명의 배심원 중에서 여성은 나 혼자라서 더욱 답답했다.

밤 여덟 시가 넘어서야 평의시간이 시작되었다. 평의는 법정 공방이 끝난 후 배심원들이 모여서 피고인의 유·무죄를 따지는 절차다. 이틀 동안 눈과 귀만 열어 두다가 공식적으로 입을 여는 시간이라 할 수 있다. 담당판사를 통해 법의 해석 적용과 양형에 대해 배워서인지 결론은 거의 비슷했다. 판사와 배심원들의 생각이 크게 다를까 봐 걱정했는데 기우였다. 보통 사람들의 생각과 법 논리가 큰 차이가 없다는 증거로 보여 마음이 홀가분했다.

특별한 이틀이었다. 누군가의 생의 단면을 들여다본 느낌이었다. 담당 판사는 예리한 집도의 같았다. 마치 암전문의가 환자의 종양을 도려내듯 문제점을 찾아내어 조목조목 따졌다. 당사자들에게는 피가 마르는 시간이었을 것이다. 발가벗겨서 해부당하는 기분이었겠다. 사람의 행위를 자로 재고, 무게를 달고, 흔들다가 뒤집고, 눌러보고 우겨 담는 과정과 다름없었다. 이 정도로 끝나면 감사하다. 법의 냉정한 심판을 받아야 하고 그에 상응하는 대가를 지불해야 한다. 할 수만 있다면, 지난 시간들을 쓸어 담고 싶을 것이다. 그러나 흘린 물은 주워 담을 수 없듯, 죄는 감춘다고 없어지는 게 아니다.

말로만 듣던 데이트 폭력을 가까이서 볼 수 있었다. 과거와는 달리 중년들도 새로운 사람을 만나고 헤어진다. 나이가 주는 부담감 때문에, 내 인생의 마지막 기차라도 타듯 정신없이 매달리다가 그것이 좌절되면 상실감이 클 수밖에 없다. 때로는 분노로 이어진다. 나는 이 사랑을 지속시키고 싶은데 등 돌린 이의 뒷모습에 상실감이 증폭된다. 자기감정에 취해 폭력을 행사하기도 한다. 이별 폭력인 것이다. 한쪽에서는 그것도 사랑이라고 변명하지만 당한 상대는 폭력 그 이상도 이하도 아니다. 이미 마음을 접었기에 상대의 폭력이 더욱 고통스럽게 다가올 뿐이다.

격한 마음을 어쩌지 못해 화장실에서 큰소리로 우는 피해자의 소리를 들으며 마음이 착잡했다. 폭력도 사랑이라고 강변하는 남자의 호소 또한 씁쓸했다. 세상이 다양해진 만큼 사건도 가지가지이다. 예전에는 데이트 폭력이란 단어조차 없었는데 이런 현상은 무엇을 의미하는지.

재판은 진흙탕 싸움이다. 그 판에 들어가면 누구도 흙탕물을 피해 갈 수가 없다. 피해자라고 편하게 통과하기는 힘들다. 자신의 피해 사실을 낱낱이 밝히자면 보이고 싶지 않은 물집과 상처들을 들춰내야 한다. 결국에는 둘 다 너절해지고 만다. 나이 들수록 남녀 관계가 애착에서 집착으로 이어지는 건지, 손익계산이 깔려서 그런지, 대화로 풀 수 있는 관계도 법원을 통해 끝장을 본다. 문제가 커지지 않도록 늘 헤아리며 살 일이다. 내 욕심에만 눈이 멀면

끝은 이미 정해져 있지 않던가.

　밤 아홉 시가 넘어서야 선고가 이뤄졌다. 선고를 듣는 피고인의 얼굴은 바짝 마른 대추 같았다. 이틀 동안에 오 년은 더 늙어 보였다. 날도 추워지는데 교도소에 가야 하는 남자의 뒷모습이 참 처량해 보였다.

찢어진 현수막

"○○○ 선배님, 임명을 축하드립니다."

작은 초등학교를 지나치다 낯익은 이름 하나를 발견했다. 학교 앞에 걸린 현수막에는 최근 정부에 발탁된 모 인사의 이름이 적혀 있었다. 겨울바람에 펄럭이는 모습이 어찌나 당당한지 우러러보일 정도였다. 작은 지역에서 유력인사를 배출했으니 얼마나 자랑스러울까. 후배들의 어깨는 으쓱할 것이며, 동네 사람들의 가슴도 벅차올랐을 것이다. 이렇듯 한 사람의 출세는 당사자의 영광뿐만 아니라 그 지역의 자랑거리요 기쁨이다.

그 위치까지 올라오기 위해 얼마나 애썼을까. 뼈를 깎는 노력으로 얻어진 결과이겠다. 어떤 자리든 쉽게 주어지지 않는다. 더

구나 근무처가 '푸른 집' 근처라면 하늘의 별따기나 다름없지 않은가. 최고책임자의 입이 되어 국정에 관한 일을 대변하게 되었으니 참으로 막중하고 가슴 벅찰 일이다. 업무수행능력뿐 아니라 여러모로 인정받지 않으면 얻기 힘든 자리이다.

많은 사람들이 높은 자리에 오르길 소망한다. 벼슬길에 오르고 출세를 원하는 이유 중의 하나가 영향력을 행사할 수 있기 때문이다. 사람이 세상에서 자기 뜻을 펼치는 것만큼 가슴 뿌듯한 일도 없을 것이다. 작은 영향력도 감지덕지인데 많은 사람이 우러러보는 권좌, 생각만으로도 벅차오른다. 그런 자리는 요지부동으로 영원히 승승장구하지 싶다. 참으로 견고하여 그림자 하나도 허락하지 않을 것 같다.

때로는 권력이 살아 있는 짐승처럼 보인다. 처음에는 말을 잘 듣는 애완동물처럼 시키는 대로 따르다가도, 이게 아니다 싶을 때면 주인을 내동이치기도 한다. 로데오 경기에 나온 황소가 온갖 몸부림을 치며 서툰 기수를 땅에 내다꽂는 것과도 같다. 만인이 보는 앞에서 떨어트리는 그 힘은 절대적이다. 누구든지 자칫하면 내리막길로 곤두박질친다. 높은 자리일수록 치명적인 함정으로 치닫는 것을 볼 때마다 권력의 자정작용이 아닐까 싶기도 하다.

몇 달 전에 고향 사람들의 환호 아래 최고의 저택으로 들어간 그는 입장이 뒤바뀌었다. 아주 좋지 못한 일로 만인의 입에 오르내린다. 고위 공직자가 공무로 외국 출장 중에 벌어진 일이다. 싸구려 삼류 영화를 보는 것처럼 민망했다. 기쁜 마음으로 현수막을 걸었던 이웃들이나, 선배님의 뒤를 이어 훌륭한 사람이 되리라 다짐했던 인근 초등학교 아이들 심정은 어떨까. 이는 당사자만의 추락이 아니라 이 사회의 단면인 것 같아서 더욱 씁쓸했다. 마치, 갈기갈기 찢어져 진흙 구덩이에 버려진 현수막을 보는 것과 같았다.

작은 읍내에 있는 낡은 정자가 떠올랐다. 그의 어린 시절과 무관하지 않아서인지도 모른다. 강경 지역에 가면 임리정이란 옛 정자가 있다. 시경의 '여림심연'과 '여리박빙'이라는 글에서 한 자씩 따서 이름을 지었다. '깊은 연못가에 이른 것처럼, 얇은 얼음을 밟는 것처럼 자신의 처신에 조심하라'는 내용이다.

사백여 년 전에 모 선비가 세운 이 정자는 원래 황산정이라는 이름으로 불렸으나 나중에 임리정이란 이름으로 바뀌었다. 그 연유에는 벼슬길에 나서는 제자들에게 몸가짐을 조심하라는 스승의 당부가 담겨 있다. 지금도 초임을 앞둔 공무원들이나 젊은이들이 임리정의 뜻을 새기기 위해 자주 들르는 곳이다. 허나 그곳을 놀이터 삼아 컸을 그 유력인사는 어쩌다가 깨진 살얼음판을 딛고 말았으니.

'벼슬의 바다는 물결치는 파도 위에 떠 있는 갈매기처럼 부침이 심하다'는 말이 있다. 그 자리가 얼마나 아슬아슬하면 파도 위에 앉아 있는 갈매기에 비유했을까. 높은 자리일수록 행동거지에 주의하라는 말일 것이다. 그만큼의 책임이 뒤따른다는 뜻으로 읽힌다.

사람들은 권력을 누리는 것이라고 생각한다. 많은 힘을 가졌다는 것은 하나의 책무이며 약속인데 쉽게 잊고 산다. 정의롭지 못한 힘은 스스로를 파멸시킬 뿐만 아니라 그가 속한 사회와 구성원들에게도 커다란 해를 끼친다. 자신의 욕심에만 눈이 멀어 가당찮게 구는 이들을 보면 참 서글프다. 그것도 지도급 인사들의 권력형 비리나 부정부패를 보면 할 말이 없다.

누구도 권력으로부터 자유롭지 못하다. 크든 작든 간에 나름대로의 역할을 맡으며 세상을 살아간다. 나 또한, 살아오면서 적지 않은 모임에 참여하고 여러 단체의 장들을 만났다. 똑같은 모임인데도 장이 바뀜에 따라 팀의 분위기가 달라지는 걸 볼 수 있다. 같은 직책인데도 그 자리를 해석하는 입장이 같지 않아서겠다.

기억에 남는 이들이 있다. 회장이라고 해서 마이크를 자주 들지도 않고, 직함을 내세우지도 않았는데 여운으로 남아 있다. 한결같이 섬기기에 열심인 이들이었다. 어떤 회장은 밥을 사는 일이 자신의 임무라도 되는 듯 참 열심히 밥을 사는가 하면, 회원들에게 비타민 알약 하나라도 더 챙겨 주고자 했다. 모 여성단체의 회장은 손수 만든 앞치마를 주기도 하고 손바느질한 소품 등을 선물하기도 했다. 회장으로서 개개인을 보듬는다는 게 얼마나 힘든데. 그들을 보면 따뜻한 카리스마가 생각난다.

누군가를 섬기는 일이 쉬운 일만은 아닌데, 열 마디의 인사말보다 한 번의 조용한 섬김으로 자신의 그릇됨을 보여 주는 이들이 있다. 맡은 배역에 충실한 사람들을 보면 나 자신을 돌이켜 보게 된다. 진정 배워야 될 이들이 누구인가를 깨닫게 되는 기회이다.

권력의 시작은 사람의 마음을 얻는 것으로부터 출발한다고 믿는다. 자신의 위치에서 마음을 얻어야 할 사람들이 누구인가를 아는 이야말로 진정한 권력자이다.

바다는 말이 없다

봄꽃들이 일찍 피고 졌다. 우르르 몰려와서 몸을 풀어놓더니 어딘가로 사라졌다. 겨울을 참은 꽃들도 제 시간을 지키기가 힘든 모양이다. 때가 되어 이우는 것도 가슴 아픈 일이거늘 채 피지도 못하고 스러지는 것들은 더 쓰라리다.

엄마를 모시고 꽃놀이를 가기로 했다. 꽃을 배경으로 한다고 백발이 어찌 쓸쓸하지 않겠는가만, 조금은 특별한 여행이 될 것 같았다. 남녘 지방의 산방을 둘러보고, 다도해의 일몰도 바라보고 싶었다. 팔순의 노모와 지켜보는 노을은 어떨까, 다소 쓸쓸하고 뭉클할 것 같았다.

그러나 우리의 나들이는 숙제로 남겨졌다. 당사자인 어머니가 꼼짝도 못하시겠단다. 그 바다 앞에서 우리만의 기념사진을 찍는 것은 예의가 아니라고 생각하신 게다. 예약했던 렌터카와 숙소를 취소해야 했다. 불과 며칠 전까지만 해도 수학여행 가는 아이처럼 그날을 손꼽아 기다리던 어머니가 손사래를 치시니 어쩌겠는가.

일의 사단은 사월 중순 어느 날에 시작되었다. 그날도 여느 날이나 다름없이, 분주한 아침 시간을 보내고 있는데 텔레비전에 뉴스 속보가 떴다. 배가 진도 연안 앞바다에서 침몰 중이라는 것이다. 설마, 큰 사건은 아니겠지 하는 심정으로 바쁜 시간을 보내는데 전원 구조라는 속보가 떴다. 당연히 그렇게 끝날 줄 알았다.

바다는 거대한 짐승 같았다. 커다란 여객선을 옆으로 젖히더니 한입에 삼켜 버렸다. 재난 영화도 아니고 사실 그대로였다. 삼백 명이 넘는 사람들이 바다에 갇혔다는 사실을 믿을 수가 없었다. 희생자는 제주도로 수학여행 가던 학생들이 대부분이었다. 사람들은 속수무책으로 바다를 바라볼 수밖에 없었다. 간절히 기도하는 마음이었다가, 눈물로 탄식하다가, 절망과 비탄에 잠겨 바라보아야 했다. 사람들의 염원과는 달리, 바다는 입을 다물었다. 어느 누구 하나 바다의 빗장을 열고 살아 나오지 못했다.

시간이 지날수록 세월호의 진풍경이 드러날 뿐이었다. 까고 깔수록 나오는 양파처럼 비리의 온상이었다. 배의 구조 변경과 화물 과적으로 인한 여객선의 침몰은 표면적인 이유에 불과했다. 선장과 선원들의 무책임한 직무 태도, 초기 대처에 실패한 해경과 정부의 안일한 자세, 언론의 무분별한 보도 자세, 악덕 해운사와 관계 기관의 비리 등등 모든 부분이 합력하여 최악을 구축했다. 거기다 사이비 종교인까지 끼어들었다. 돈을 신앙하는 종교 지도자는 어느 시대에나 재앙이다. 이 정도면 총체적인 난국이다.

이번 사건을 통해 '해피아'와 '관피아'의 진짜 모습을 보게 되었으며, 왜 기자들이 '기레기'로 불리는가를 알 수 있었다. 돈과 권력은 무소불위의 성지였다. 그런 세상에서 우리의 아이들은 배가 기울어지는 순간에도 어른들을 믿었다. '그대로 있으라'는 말을 지켰다. 구명조끼를 입고, 질서를 지키며 구조를 기다렸지만 돌아온 것은 죽음뿐이었다. 그 시각에 선장과 선원들은 배를 빠져나가고, 해경들은 우왕좌왕하다가 황금 같은 구조 시간을 놓쳤다.

세월호가 이 나라의 축소판과 같다는 데 우리는 할 말을 잊고 만다. 속옷 차림으로 황망하게 뛰어나오는 선장의 모습을 보면서 역사 속의 또 다른 모습을 보는 기분이었다. 6·25 전쟁 중에 한강철교를 끊고 퇴각해 버린 최고 통치권자의 모습이 어른거리고, 우리가 남이가 하며 내 편만 챙기던 기득권층의 이면을 보는 느낌이었다.

세월호의 침몰은 이미 예견된 일이었는지도 모른다. 이 사건에 연루된 조직과 기관들은 다 돈이라는 바닷물에 익숙한 사람들이었다. 먹이사슬이 되어 서로를 옭아매고 있다. 그들의 공통점은 돈이다. 허나 돈은 마시면 마실수록 목이 타는 바닷물과 같다. 가지면 가질수록 더 갈증에 시달리게 하는 괴물이다. 타는 목마름에 지쳐 마지막에 이를 때까지.

그 와중에도 목숨을 걸고 최선을 다한 이들도 있다. 구명조끼를 벗어 주며 학생들을 끝까지 보살핀 말단 승무원들이 있고, 물이 차오르는 선실로 뛰어 내려간 교사들이 있고, 살아나온 것이 미안해서 아이들을 따라 목숨을 버린 교감 선생님도 있고, 마지막까지 제 역할을 다하다 주검으로 돌아온 이들도 있다. 그리고 가슴 아파하며 진도 팽목항에서 자원봉사 하는 인정들이 있고, 눈물 어린 다짐으로 노란 리본을 다는 국민들도 있었다.

바다는 여전히 침묵 상태다. 어느 한 사람 살아서 돌아온 이가 없다. 매일매일 뉴스를 지켜보며 가슴 졸였는데 결과는 똑같다. 시신을 찾은 이는 그나마 행운에 속한다. 아직도 바다를 떠도는 목숨들과 그 유가족들을 생각하면, 너무 일찍 일상으로 복귀한 우리 자신이 미안할 따름이다.

시간이 지났는데도 세월호 사건을 잊을 수가 없다. 딸애도 현장에 있었다면 교사로서 아이들을 구하기 위해 차가운 물속에서 몸 부림쳤을 것이다. 질서를 지켜야 한다고, 그러면 안전하게 나갈 수 있으니 차례가 올 때까지 기다리라고 외쳤을 것이다. 모든 것이 허사로 돌아간 것을 깨달았을 때, 아이들과 함께 수장될 수밖에 없는 현실 앞에서 무슨 생각을 했을까. 이 나라에 태어난 것을 후회했을 것이다. 혹여, 배에서 구제되었을지라도 지독한 트라우

마에 시달렸을 것이다.

'어쩌다 재수 없이' 희생양이 된 그들이다. 그 시간 거기를 지나간 것이 잘못인가. 그렇다면 이와 비슷한 일이 또 생길 수도 있다. 어쩌다 재수 없이는, 또 다른 희생양을 만들 것이다. 제2의 세월호가 생길 수도 있다 생각하니 두렵기 짝이 없다. 요즘 들어 골든타임이란 말이 회자되고 있는데, '어쩌다 재수 없이'가 다시는 일어나지 않도록 이 사회의 문제점을 다시 돌아볼 필요가 있다. 지금이 그 골든타임이 아닐지.

그 시대를 지배하는 것은 그 시대의 정신이다. 사람들의 의식은 긴 세월을 지나 진화하고 성장하며 축적된다. 세월호가 하나의 시발점이 되길 빈다. 기본에 충실한 사회가 건강한 사회이며, 돈보다 중요한 것이 사람이고, 개인보다 중요한 것이 우리가 사는 공동체임을 확인하는 계기가 되었으면 한다.

오늘도 팽목항에는 주인을 찾는 운동화와 초콜릿이 놓여 있으리라. 돌아오지 않는 이들을 기다리는 유가족의 마음은 개펄처럼 캄캄한데 바다는 아무 말이 없다.

클레멘타인과 시인

혼자 극장에 갔다. 실화를 배경으로 한 작품이라지만 상영관은 썰렁했다. 몇몇 사람들이 웅크리고 영화를 보고 있었다. 띄엄띄엄 앉아 있는 그들이 각별하게 다가왔다.

영화는 시작부터 예의를 갖추지 않는다. 강제로 옷이 벗겨진 한 남자가 클로즈업된다. 전라와 다름없는 근육질의 몸을 보니 긴장되었다. 주인공은 가족과 함께 목욕탕에 다녀오던 길이었다. 잠시 임의 동행 형식으로 이뤄진 일이지만, 22일간에 걸친 남영동 대공분실에서의 대장정이 시작된 것이다.

처음부터 끝까지 고문을 보여 준다. 종류가 그렇게 다양한 줄은 몰랐다. 교묘한 폭력에서부터 물고문, 전기고문, 칠성판 고문 등 여러 가지가 동원된다. 사람이 우리에 갇힌 짐승처럼 물질화되어 가는 과정이 되풀이된다. 마른 수건을 비틀어 짜듯 육신이 제어당하는 과정을 통해서 인간의 한계를 다시금 확인할 수 있었다.

배가 고프면 먹어야 하고, 잠이 오면 자야 하고, 아프면 비명을 지를 수밖에 없는 사람의 본능, 이것이 바로 인간의 속성이자 굴레다. 기본적인 욕구가 충족되지 않으면 존재의 위협을 느낄 수밖에 없다. 고문은 비열하게도 이런 점을 이용한다. 극단의 고통을 피하기 위해서라면 무엇이든 할 수 있다. 인간이 가진 육체의 약점이다.

그를 담당한 이들은 보통 사람들이다. 그래서 더 슬펐고 소름이 끼쳤다. 애인의 변심 때문에 울고 웃는 청춘이 있고, 야구 경기 중계에 촉각을 세우는 평범한 직장인이 있고, 딸자식의 피아노 실력이 늘지 않아 고민하는 가장도 있다. 모두 우리의 이웃이다. 그러나 그들이 활약을 하면 할수록, 비명 소리가 끊이지 않고 누군가는 기절을 한다.

그 세계에도 전설이 있다. 기술자라고 불리는 사내다. 어찌나 솜씨가 정교한지 흔적이나 상처를 남기지 않는다. 이것이 남자의 자부심이다. 마치 사제가 제의를 행하듯, 조각가가 오브제를 다루듯, 남자의 몸놀림은 섬세하고 정교하다. 한 치의 오차도 허용하지 않는 전문가의 기술은 고문 대상자를 초죽음으로 몰아넣는다. 기술자는 고난도의 기술을 걸 때는 휘파람을 분다. 처음에는 자기

몰입을 위한 시그널로 보였으나 시간이 갈수록 고문 자체를 즐기는 형상이다. 사내가 나지막하게 부르는 노래는 '클레멘타인'이다. 어찌나 애절하게 부르는지 일그러진 고문 대상자의 얼굴과 묘한 대조를 이룬다.

고문을 당하는 이는 모든 것을 불어야(?) 했다. 후배가 아무 이유 없이 자신을 팔았던 것처럼. 그도 시키는 대로 했다. 몸을 지키기 위해 영혼을 팔았다는 고뇌는 사치다. 살기 위해, 어쩔 수 없었다.

"누구라도 버티지 못할 거야."

무의식 상태에서 중얼거리는 그에게 기술자는 친절하게 말한다.

"세상이 바뀌면 그땐 나를 고문하세요. 그런 일은 결코 없겠지만……."

그러나 세상이 바뀌었다. 빨갱이로 몰려 짐승처럼 고문당했던 이는 한 나라의 장관이 되었고, 악독한 기술자는 교도소에 수감되었다.

한때 최고의 기술자였던 사내가 고개를 숙였다. 숨 막히는 침묵이 흐른다. 이윽고 사내가 무릎을 꿇는다. 아무 말도 못한다. 다시 침묵이 흐르고, 용서를 비는 이를 처연한 눈빛으로 바라보는 그다. 저 사내도 체제가 만든 희생자일까, 애국이라는 이름으로 무지막지한 고문을 감행한 남자를 연민의 시선으로 바라본다. 고문 후유증으로 시달리는 그는 긴 망설임 끝에 상대를 용서하기로 한다. 똑같은 악마가 되지 않기 위해서 선택한 길이었다. 누군가를 증오하면 할수록 자신이 무너지는 걸 알기 때문이다.

그때, 노랫소리가 들린다. 클레멘타인, 섬뜩해지는 순간이다. 환청처럼 들리는 그 소리의 정체는 무엇일까. 한 사람은 잔인한 쾌감에 젖어들고, 다른 사람은 고통에 몸부림치며 생을 포기하고픈 순간에 듣던 노래다. 그것은 하나의 메타포다. 나와 다르다는 것 때문에 상대를 적으로 치부하는 일들이 벌어지는 한, 우리는 더러운 야수가 될 수 있다는 사실에 대한 하나의 경고로 들린다.

영화 〈남영동 1985〉이 끝난 후에도 자리에 한참 동안 앉아 있어야 했다. 고문후유증으로 세상을 떠난 고(故) 김근태 씨 사연이 남의 이야기 같지 않아서다. 영화 보는 내내 내 기억의 심연을 맴도는 얼굴이 있었다.

여고 시절의 국어 선생님은 작은 들꽃에도 감격하는 시인이었다. 곱슬머리에 커다란 눈동자가 인상적인 그분은 우리들의 우상이었다. 선생님은 어려운 시대를 살면서도 좋은 교사, 깨어 있는 인간이기를 갈망하셨다. 누구보다도 문학과 시와 세상에 대해 이야기하기를 즐겨 하셨다.

80년대 초반 신군부 정권이 들어서고, '오송회' 사건이 터졌다. 문학 토론에 열심이던 다섯 명이 소나무 아래 모인 걸 가지고 당시의 공안당국에서 갖다 붙인 이름이다. 정작 당사자들은 그게 자신의 조직 이름인지도 몰랐다고 하는 게 이 사건의 핵심이다. 공안 당국은 오송회를 조작하여 그 시대의 본보기로 몰아세웠다. 수사 과정에서의 극심한 고문으로 허위 자백을 할 수밖에 없던 선생님은 약골의 몸으로 모진 감옥살이를 견뎌야 했다.

세상이 바뀐 후, 전형적인 조작 사건으로 밝혀지고 무죄판결을 받았지만 그분은 이 세상 사람이 아니었다. 고문 후유증과 모진 마음고생으로 암에 걸려 이른 나이에 세상을 뜨고 만 것이다. 참 안타깝게도 나의 은사님에게 이런 일이 벌어졌다. 소설보다 더 소설 같은 이런 내용은 연극으로 꾸며져서 많은 사람들에게 알려지기도 했다. 시인 백석을 좋아하던 서정 시인은 한 시대의 제물로 그렇게 사라졌다. 나는 지금도 선생님이 생각나면 안도현의 「군산 동무」나 도종환이 쓴 「이광웅」이란 시를 읽는다.

이광웅 선생님을 마지막으로 뵌 적이 언제였던가? 내가 재수생 신분으로 우울한 시절을 보내던 중이었으니 오송회 사건이 터지기 몇 년 전이었겠다. 우연히 호남선 열차 속에서 선생님을 뵈었다. 가뜩이나 지루하던 비둘기호 열차 속에서 선생님을 만나니 참 반가웠다. 완행열차 속에서 끼적인 글들을 보여 드렸더니 빙긋 웃으셨다. 보나마나 시라고 할 수도 없는 글줄들이었으리라. 익산역에서 헤어지려는 찰나에 진지한 표정으로 말씀하셨다. '열심히 해라.' 그 한마디가 왜 그렇게 기뻤는지. 긴 바바리 자락을 펄럭이며 어둠 속으로 사라져 가는 선생님을 한참 바라보았다. 그게 선생님의 마지막 모습이 될 줄은 꿈에도 몰랐다.

지금도 선생님은 내 기억의 터널을 뚫고 가끔 다가오신다. 사는 일이 부조리해서 주저앉고 싶을 때면, 긴 바바리 자락을 펄럭이며 내 앞으로 걸어오신다.

그의 휘파람

역사란 무엇인가.

역사는 승자들의 기록이며, 역사에는 가정법이 허락되지 않는다. 기록성을 따진다면 역사가 이긴 자들의 결과임에는 틀림없다. 또 지난 시간을 돌이켜 보건대, 역사는 실증적이다. 그러나 역사는 미래의 또 다른 이름이다. 지난날들이 지금을 만들었듯 현재가 축적되어 미래로 이어진다. 그래서 역사의 시간은 과거이지만 미래를 비추는 거울이다. 노트에 메모되어있는 내용을 읽어 본다. 책을 읽다 쓴 글 같은데 언제 이런 글을 썼을까.

마침 텔레비전에서는 뉴스를 진행하고 있다. 화면 가득히 검은색 복장이다. 오늘이 무슨 날인가, 아니면 영향력 있는 정치인이

현충원을 참배하며 정치적 구상을 하는 중인가. 오월의 햇살과 검은 양복이 참 대조적으로 보인다.

실은 5·18이란다. 아이는 재미없는 뉴스에 텔레비전 채널을 돌리고자 한다. 나도 몰래 리모컨을 움켜쥐었다.

"살아 있는 역사야."

텔레비전 화면 뒤로 지난 시간들이 꿈결처럼 흘러갔다.

1981년 늦여름, 친구와 나는 어느 바닷가에 서 있었다. 친구가 긴 휘파람을 불었다. 청승맞기도 하지, 그답지 않다. 방금 전까지 설전을 벌이더니 굳은 얼굴로 휘파람만 불다니. 바닷가의 낭만에 들떠 있는 나와는 달리, 휘파람 부는 것도 지쳤는지 몽돌만 차대는 이였다.

우리를 불편하게 했던 화두는 '광주사태'였다. 그게 우리와 무슨 상관이란 말인가. 이미 지난 일이고 신문방송에서는 폭도의 난동이라고 규정지었으며 불온세력들이 벌인 대대적인 폭거라고 말하지 않았던가. 당시 대구에 있었던 나로서는 신문이나 방송 보도를 인용했다. 광주사태는 일부 불순분자들이 시민들을 선동했고, 그 사건은 나라의 안위에 위협적인 중대 사항이었다고, 들은 대로 이야기했다. 다들 그렇게 믿고 있었다. 내 주변에서는 어느 누구도 그 일에 대해서 토를 달지 않았고 그것은 불변의 진실이었다. 철저한 반공의식으로 재무장해야 해야 한다는 내 말에 친구는 말문을 닫았다.

아주 낯설어 보이는 친구를 보며 먼 시간을 달려온 것이 후회스러웠다. 묘한 거리감, 그것은 예상치 못한 일이었다. 그 시간 우리는 딴 나라 사람들 같았다.

긴 세월이 흐른 후에야 그를 이해할 수 있었다. 그에게 휘파람은 슬픔과 한을 삭이던 진혼곡이었다. 입이 있지만 말을 뱉을 수 없는 현실, 아무리 소리 질러도 메아리조차 삼켜 버리는 현재 상황에 대한 서러움이었다.

친구는 광주민주화운동 당시 광주 인근에서 살았다. 국가의 녹을 먹는 신분이었지만, 무서운 현실 앞에서 피가 들끓었다. 세상이 흉흉한 소문으로 들먹일 때, 그는 동료와 함께 '광주행'을 약속했다. 그런데 피치 못할 일이 생겨서 광주로 나가는 우슬재를 넘지 못한다. 하루 먼저 고개를 넘은 그의 친구는 차마 못 볼 모습으로 발견되었다.

함구의 세월이 계속되었다. 많은 우여곡절을 겪고서야 그 사건은 역사 속에서 복위되었다. '광주사태'에서 '광주민주화운동'으로 자리 잡기까지 삼십 년 가까이 걸렸다. 그 긴 시간 동안 휘파람도 모자라 피눈물을 흘려야 했던 사람들은 어땠을까. 쉬쉬 했던 이야기가 사실이고, 유언비어라고 믿었던 내용들이 다큐멘터리임을 알게 되면서 할 말을 잃었다. 세상의 더러운 밑바닥을 본 기분이었다. 아무런 피해를 입지 않은 나도 이런데 당사자이거나 연루된 이들 심정은 어떨지, 상상하기도 힘들었다.

그 후, 우리의 삶이 종이상자 같았다. 바람이 불면 뒤척이고 비가 오면 젖을 수밖에 없는, 가볍기 짝이 없는 존재로 보였다. 당시 수많은 이들을 청맹과니로 만든 것은 무엇이었는지 곰곰이 생각해 본다. 잘못된 권력일까, 통제된 언론일까, 아니면 당사자가 아니라는 이유로 믿고 싶은 것만 받아들였던 나 같은 사람들이 문제인가.

내가 가끔 외눈박이 같다는 생각이 든다. 보이는 것만 보고 진실을 보려들지 않는다. 설마, 하는 심정이 앞서기 때문인지도 모르겠다. 보통 사람들의 순진함이다. 이런 점을 악용하는 일들은 참으로 많다. 가공되고 조작된 것들이 실체보다 더 큰 위력을 발휘할 때도 있다. 우리가 기대하는 직업윤리나 양심은 일회용 화장지만도 못하여 믿을 게 못된다고 생각하니 힘이 빠진다.

그 사건을 통해 권력의 힘이 얼마나 무서운가를 알았다. 나에게 제공된 정보가 누군가의 의도 하에 조작되고 편집되었다는 것을 나중에서야 안다. 그것을 권력의 힘이라고 믿는 한, 역사가 우리 편만은 아니라는 불안이 스친다.

저녁에는 아이와 많은 이야기를 나눠야겠다. 불과 삼십 년 전의 이야기가 먼 전설로 보일 수도 있다. 인터넷과 각종 매체가 발달한 요즘 세대로서는 이해하기 힘든 이야기일 테니까. 그러나 세상은 일어날 수 있는 일만 일어나지는 않는다.

삶이야말로 모순 덩어리다. 이 덩치 큰 모순 앞에서 휘파람이나

부는 사람으로 살아가지 않기 위해서 우리가 해야 할 일이 무엇인
지 아이의 의견을 듣고 싶다.

열리지 않는 창문

시간이 지나도 반복되는 일들이 있다. 아이가 청년이 되고 청년이 어른이 되는 것처럼 세상사도 흘러가기 마련인데, 어떤 일은 제자리걸음에 머문다. 잊힐 만하면 불거지는 일들로 인해 꼼짝 없이 옛날로 돌아간다.

사십여 년이 지났는데도 기억 속의 그는 여전하다. 스물도 안 된 청년으로 남아 있다. 우리 자매들이 마당에서 놀라치면 기다렸다는 듯 끼어들던 옆집 남학생이다. 마치, 나 여기 있소 하는 양 기타 소리로 건너왔다. 다닥다닥 붙은 한옥 구조라서 가수 지망생의 노래라도 늘 반갑지만은 않은지라 우리는 그를 베짱이라 불렀다.

옆집 베짱이가 봄에 입대했다는 소식을 들었다. 그의 기타 소리가 들리지 않아도 옆집은 떠들썩했다. 시집간 딸들이 몰려와 웃음 꽃을 피우는가 하면, 아저씨가 이웃들과 벌이는 막걸리 파티로 시끌벅적했다. 사람 좋아하고 술 좋아하는 아저씨는 무슨 기술자였는데 손재주가 좋아선지 일감이 끊이지 않았고, 아줌마는 걸걸한 성격답게 이웃들과도 잘 어울렸다. 딸만 줄줄이 낳다가 늘그막에 얻은 아들 이야기만 나오면 얼굴이 환해지던 내외였다.

어느 날, 난데없는 울음소리가 들렸다. 뒤란으로 향하던 내 발걸음이 얼어붙었다. 창자를 가르는 듯 흘러나오는 비명 소리의 주인공은 옆집 아줌마였다. 아들이 죽었다는 것이다. 그럴 리가 없었다. 첫 휴가로 떠들썩한 지 얼마나 되었다고 옆집 아들이 죽다니, 그것도 젊고 씩씩한 군인의 죽음이라니. 도저히 이해할 수 없었다.

부주의로 인한 오발 사고라는 말을 들었을 뿐, 아들의 싸늘한 주검을 확인해야 했던 그 부모는 넋을 잃었다. 이 세상 사람이 아닌 것 같았다. 내 죄다, 내 죄다 하며 울부짖기 일쑤였다. 당시에는 부모가 나이 들고 아들이 하나이면 어찌 손을 써 볼 수도 있었는데, 신성한 국방의 의무 운운하며 아들의 현역입대를 기정사실로 받아들였던 자신에게 화살을 돌리고 있었다. 죽음이 의심스러워도 어떻게 들춰내 볼 수가 없는 현실이었다. 늘그막에 아들 키우는 재미로 일손을 놓지 않았던 아저씨는 머리가 하얗게 세어 버렸고, 외동아들을 잃은 아줌마는 대낮에도 소주병을 사 들고 골목을 오갔다.

옆집은 폐가처럼 변했다. 장난기 가득하던 그의 창문은 더 이상 열리지 않았다. 해맑은 얼굴로 기타를 딩딩거리던 그는 집안의 모든 문을 닫고 떠났다. 닫힌 문 사이로 시도 때도 없이 아줌마의 울음소리만 흘러나왔다. 방바닥을 치며 울부짖다가, 고래고래 악을 쓰다가, 흥얼흥얼하는 넋두리가 이어졌다. 그 집은 어두운 동굴처럼 변했다.

옆집의 날벼락에 조바심치던 이는 우리 엄마였다. 그 집의 비보가 남의 일 같지 않아 안절부절못했다. 모름지기 대한민국의 남자라면 군대를 다녀와야 한다고 매번 강조하시던 아버지도 엄마의 불안에 손을 들고 말았다. 멀쩡한 남동생을 보충역으로 빼냈다. 그리고 서둘러 그 집을 이사 나오고 말았다.

긴 세월이 흘렀는데도 세상은 크게 달라진 것이 없다. 잊을 만하면 터지는 군대의 사고 소식이다. 이런 보도를 접하면 사십여 년 전의 울음소리가 되살아난다. 울다가, 그래도 살아야겠다 싶어 약을 먹다가, 하루에도 몇 번씩 죽음을 생각한다는 장병의 어머니였다. 언제나 이런 뉴스 없는 세상이 올 것인지.

한때, '참으면 윤 일병, 안 참으면 임 병장'이라는 말이 떠돌기도 했다. 자조적인 그 말이 우리 군대의 현실이다. '윤 일병' 사건은 선임의 가학행위가 몰고 온 죽음이었다. 말도 안 되는 일이었다. 누구는 폭력적인 군사문화 탓이라 하고, 누구는 잘못된 권위의식이 만들어 낸 극단적인 결과라고도 한다. 군대의 계급은 전투 현장에서의 효율과 질서를 위한 것인데, 군부대에서는 하루 종일 그 서열을 벗어날 수 없다는 데 문제가 있다. 잘못된 권위의식으로 똘똘 뭉친 선임자를 만나면 후임자는 피해자가 될 수밖에 없는 병영 생활이다. 인권 문제도 병영에서는 먼 나라 이야기인가 싶어 참 안타깝다.

이전의 '임 병장' 사건도 우리를 경악케 했다. 전역을 삼 개월 앞둔 병사가 전우들을 쏘고 탈영했다. 병사의 분노가 지뢰처럼 터져 버린 셈이다. 국토의 최전방에서 종일 경계근무 서는 것도 긴장되는데, GOP처럼 단절된 장소에서 계속하여 왕따를 당하다 보니 스트레스가 이만저만이 아니었을 것이다. 그렇다고 동료들을 향해 총부리를 겨누다니, 그것도 최전방에서. 군인이 할 짓은 아니다. 생각할수록 두렵고 한심한 일이다.

아들이 초등학생 때였다. 크면 군대 가야 하니 어른이 되고 싶지 않다는 것이다. 하도 심각하게 말하는 통에 그때는 군대 문제가 해결되어 있을 거라고 달랬다. 그러나 세상은 달라지지 않았다. 아들은 병장으로 제대했다. 어쩌면, 아들의 아들 세대도 이 문제로부터 자유롭지 못할 수도 있다. 이는 생각만으로도 맥이 풀린다. 언제쯤에나 불필요한 줄다리기가 끝나게 될지 모른다는 게 우리 민족의 비극이다.

긴 세월 동안 변함없는 것 중의 하나가 남북한의 대화이다. 서로의 창을 닫고 자신의 목소리만 높이고 있다. 사고뭉치에 불한당 같은 윗동네를 생각하면 답답하다. 유연하게 대응하지 못하는 우리 동네도 딱하기는 마찬가지다. 커다란 장벽 뒤에 숨어서 제각각 소리만 질러 대는 모양이다. 참으로 소모적이고 불편한 현실이다. 높은 장벽이 무너지고 닫힌 창문마다 열려서 '건강한 하나, 아름다운 하나'로 자리 잡게 될 날은 언제나 올지.

옆집 청년이 살아 있다면 지금쯤 중년이 되었으리라. 그가 좋아하는 노래방에도 가고, 군대 이야기가 나오면 밤을 새울 수 있는 보통 남자가 되어 있을 것이다. 그러나 그의 인생은 스무 살도 안 되어 닫히고 말았다. 불행스럽게도, 그의 닫힘이 당사자에게만 해당되는 게 아니라서 더 문제다.

삼류의 소망

세월이 하 수상하다 보니, 풍문이 풍문으로 끝나지 않는 경우를 본다.

처음에 표절 운운했을 때 여러 생각이 들었다. 어디까지가 표절이고 모방인지 혹은 차용인지 헷갈렸다. 예술이 자연의 모방으로부터 출발한 것처럼, 우리가 누리고 있는 문화나 문명도 앞 세대로부터 이어 온 유산이다. 세상 아래 새로운 것은 하나도 없다는 말과 같이 어느 누구나 앞 세대의 빚을 따라가는 빚을 지고 있다고 본다. 엄밀히 말해서 예술계에서 온전한 창의성은 무엇인지 그 기준은 어떤 것인지 궁금할 때가 많다.

소문이 남의 일 같지가 않다. 익히 들어오던 이름이라서 더 놀라

웠다. 개인적인 치부로 치면 수면 아래에서 해결될 문제인데 그게 아닌 모양이다. 당사자는 어떨까, 참 괴롭고 숨이 막힐 거 같다. 보통 사람도 아닌, 명예를 먹고 사는 작가가 표절 시비로 입방아에 오르내리다니.

그로 말할 것 같으면 이 바닥에서는 저명인사가 아니던가. 알 만한 베스트셀러 작가에 유명한 문학상 수상자이며 문학상 심사위원이다. 한마디로 국민 작가다. 아름다운 문장의 소유자, 심리 묘사에 탁월한 소설가는 하루아침에 입방아의 주인공이 되고 말았다. 거침없이 하늘로 날아오르던 이카로스의 날개를 본 것 같아 마음이 씁쓸하다.

자성의 의미로 여러 말이 오간다. 표절 운운이야 개인의 문제지만, 한마디씩 던지고 가는 형편이다. 어찌 보면 이 사회의 한 단면이 아닌가 싶다. 상업주의에 편승한 작가와 거대 출판사의 연합, 건강한 비평을 잃어버린 비평가들, 패거리 문화로 그들만의 리그를 운영하는 문학권력의 일그러진 모습들이 도마 위의 생선감이 되고 있다. 이런 일은 예견되었는지도 모른다.

내가 배운 국어 교과서에는 아름다움과 낭만만 있었다. 해일이 몰려오고 폭풍우가 몰아치는 삶의 현장과는 거리가 멀어 보였다. 당시의 글들이 당대의 모순과 현실의 심연을 슬쩍 비켜 갔음을 알게 된 것은 나중이었다. 아름다움에 대한 강박을 떨쳐 버리지 못한 것일 수도 있다. 아니면 현실에 대한 성찰이 부족해서일까, 시대와의 불화를 견딜 만한 용기가 없었기 때문일까. 삶과 유리된 문학이 진정한 아름다움이라고 착각할 정도였다. 하기야 삶은 불편하기 짝이 없으니 문학이란 이름으로 최면을 걸며 도피하고 싶었는지도 모른다.

사슴처럼 고고하고 국화처럼 고상한 글들이 우리 문학사의 주류이던 때가 있었다. 그들은 시대의 탑으로 우뚝 서서 한 시대를 풍미하는 문화 권력을 행사했다. 역사의식이 없는 우리의 작가들이 회자될 때마다, 2차 세계 대전 때 프랑스 레지스탕스 운동에 적극 가담했다는 사르트르나 카뮈가 생각난다. 행동하는 지성으로 살아남기가 참 힘든 세상이기도 하지만, 작가로서 사유 체계가 다르다는 생각을 지울 수가 없다.

이번 기회에 문단 내의 문화 권력에 대한 불만의 소리도 적지 않다. 어떤 권력이든지 독점되면 문제가 있다. 고인 물은 썩기 마련이다. 비평을 허용하지 않는 사회는 자정작용을 포기하는 것과 같다. 문학도 그러하다. 눈 가리고 아웅 하는 비판, 건강한 비판이 없는 비평은 그 자체의 당위성이 의심된다. 상업주의, 소비주의, 경쟁주의로 치닫는 문학 현실은 갈수록 골이 깊어지고 있다는 진단이다. 각종 문예지들이 자기 출판사 책은 극찬하면서 다른 출판사 책엔 무심하다. 오로지 내 결실만이 중요하니 새로운 나무 심기에 주저하는 것이다. 주류 출판사의 비평에 지나치게 의존하는 작가들도 문제다. '작가로서의 자의식'이 필요하다는 말에 동의하지 않을 수 없다.

내 주변에 있는 지방 문단도 거기서 거기다. 골방에 들어가 작품을 쓰기 위해 골머리를 앓는 대신, 시대의 아픔에 귀를 기울이는 대신, 행사장에 현수막을 내걸며 사진을 찍고 줄을 선다. 이름도 근사한 상을 무슨 논공행상하듯 나눠 갖는 관행이 하루 이틀에 생긴 일이 아니다. 끼리끼리 성을 쌓고 그 성을 최고의 세상이라고 믿다 보니, 성 밖 세상에는 관심이 없다. 무슨 협회장 선거라도 할라치면 갑자기 명부가 늘어나고, 줄을 서는 일들이 숱하다.

이런 모습에 식상하여 자신만의 골방을 택하는 이들도 있다. 그런데 골방주의가 진정한 선택인지는 모르겠다. 아무리 좋은 글을 써도 발표할 지면이 없으면 바람에 흩날리는 안개와 다를 바 없다는 것을 잘 아니까.

가끔, 삼류라서 다행이라는 생각이다. 글을 쓰는 일이 일목요연하여 성적표가 나오는 것도 아니고, 유명하냐 아니냐, 수입이 괜찮은 편이냐 아니냐 정도가 판가름의 기준이라면 나는 삼류 중에도 맨 끝자리다. 대신에 아웃사이더의 자유를 누린다. 좋아하는 글을 쓸 수 있고 내 양심과 내 열정대로 마음을 드러낼 수 있음이 감사하다. 내가 치중해야 할 것은 글 자체이지 문단이나 출판 단체가 아니란 것을 알기에 고맙다. 단, 섬광처럼 빛나는 글을 만났을 때 뜨겁게 반응하길 빈다. 자극은 받되, '날것' 그대로 삼키지는 말아야겠다. 훌륭한 재료들을 내 것으로 내면화할 수 있는 힘이 필요한 이유다.

프란츠 카프카가 말한 것처럼, 우리 내면에 얼어붙은 바다를 깨부수는 그런 도끼 같은 글을 쓸 수 있었으면 한다. 삼류의 소망이다.

왕눈이의 일기

바람이 사이다처럼 시원하고 달다.

보름달까지 떠 있으니 어딘가로 떠나고 싶다. 하지만 나는 붙박이 인생이다. 하루 종일 매의 눈이 되어 바람의 흔적까지 잡아내야 한다. 주택가의 작은 골목에 무슨 일이 생기랴 싶지만 어떤 움직임도 놓쳐서는 안 된다.

어제, 밤 아홉 시쯤에 젊은 여인이 다가왔다. 그냥 지나가는 행인인 줄 알았는데 옆 건물의 일층 주차장에 들어서더니 볼일을 보았다. 정말, 그런 모습을 생중계하고 싶지는 않았다. 일을 다 마친 여자는 스마트 폰에 고개를 처박고 골목 위로 사라졌다. 기가 막혀 한참 바라보다 생각을 바꾸기로 했다. 그 여인이 생리적으로 다급했거나, 술에 취했거나, 아니면 지능에 문제가 있는 이라고 돌려 생각해 보아도 황당하긴 마찬가지였다. 누군가는 내 자리에 문제가 있다고 오해할지도 모르겠다. 이곳은 빈집 주변의 공터도 아니고 으슥하고 외진 곳도 아니다. 평범한 주택가의 골목인데도 볼썽사나운 모습이 드러난다.

눈을 부릅뜨고 서 있는데 친구가 농을 걸어왔다. 공짜 구경은 잘 했느냐고 묻는 말에 입맛이 씁쓸했다. 남세스런 모습에 무슨 재미 가 있겠느냐고 투덜댔다. 이런 나를 위로하고 싶었는지 친구는 골 치 아픈 이야기를 털어놓았다.

지난 주말에도 친구는 눈을 부릅뜨고 불침번을 서고 있었다. 차 들이 뜸해진 시각, 몰려오는 졸음을 안간힘으로 버티고 있는데 이 상한 소리가 들렸다. 인근 금은방에서 유리창 부서지는 소리가 쏟 아졌다. 검은 그림자가 일렁이는가 싶더니 매장이 순식간에 털렸 다. 젊은이 둘이서 싹쓸이한 가방을 둘러메고 유유히 사라졌다. 친구는 그들의 모습을 처음부터 끝까지 지켜보았다.

덕분에 친구는 유명세를 탔다. 모 텔레비전 방송에 그가 본 모습 들이 공개되었다. 방송관계자는 세상에서 이보다 더 정확하고 객 관적인 눈은 없을 것이라고 했다. 마치 신의 눈처럼 도시의 곳곳 을 지켜보고 있다는 표현도 서슴지 않았다. 이 사회의 또 다른 공 로자라고 치켜세우기도 했다. 여러 모로 인정받는 친구에 비해 내 자신은 초라해 보였다. 유명스타를 바라보는 백수의 심정이랄까,

그런 비슷한 마음이었다.

　처음에 이 동네로 이사 왔을 때가 생각난다. 당시 나는 지구방위대 '후레쉬맨'처럼 비장한 마음으로 왔다. 내가 사는 곳은 내가 지키리라, 이런 각오는 오래가지 못했다. 지루하기만 했다. 아침에 자동차의 엔진 소리와 바쁜 발걸음 소리가 빠져나가면 하루 종일 심심하다. 건물은 그림자놀이 하고, 한가한 바람이 나뭇잎이나 건들고 사라질 뿐이다. 이쯤 되면 낮잠이 몰려오기 시작한다. '조기가 왔어요, 영광에서 갓 잡아 온 조기, 싱싱한 조기가 왔어요.' 기름진 목소리가 확성기에서 흘러나온다. 국내산 영광조기를 선전하기 위해 오늘은 특별히 싸게 파니 트럭 앞으로 속히 나오시라는, 그의 방송은 오늘도 혼잣말로 끝나고 말았다.

　다음 차례는 채소 장사다. 그는 갈 길이 먼지 빠른 목소리로 골목을 훑고 사라진다. 뭐니 뭐니 해도 동네에서 가장 바쁜 이는 중국 음식점 배달 아저씨다. 여기서는 '양자강'과 '북경반점'이 중국 음식의 양대 산맥이다. 철가방 색깔만 봐도 어디 출신인가를 안다. 몇 달 전까지는 '양자강'이 인기 있었는데 요즘은 '북경반점'이 대세인 모양이다. 그 집 주방장이 새로 왔다더니 배달 청년 엉덩이에 불이 날 지경이다.

　주위 사람들은 뒷모습만 보아도 안다. 어느 골목에 누가 살고 있는지 척 보면 안다. 대낮부터 색소폰을 부는 남자는 이 동네의 대표 한량이다. 빈 양품점을 지키는 그의 아내 덕에 우리까지 덤으로 노래를 듣는다. 색소폰의 들큼한 음표들이 성수처럼 뿌려지는 여름날이면 그의 친절이 고문처럼 다가온다. 옆집 뽀미 아빠도 이 동네의 명물이다. 그는 아침 산책마다 하얀 종이를 들고 뽀미를 따라다닌다. 눈치 빠른 강아지는 아침 실례를 하고 그 배변 종이를 하수도에 슬쩍 던진다. 겉으로는 점잖은 척하지만 뽀미 아빠의 아침 산책은 그렇게 끝난다.

보는 것만으로 기분 좋아지는 이들도 있다. 이층에 세 들어 살고 있는 신혼부부가 그렇다. 새신랑은 퇴근할 때면 작은 봉지를 들고 지나간다. 구수한 빵 냄새나 달콤한 과일 내음을 쫓아서 나도 그 집으로 뛰어 들고 싶다.

또 하나, 꼬맹이 숙녀도 있다. 뒤뚱뒤뚱 걷는 그 애가 길에 나타나면 나른하던 햇살이 황금빛으로 빛난다. '함무이, 이게 모야?' 그 한마디가 반짝인다. 골목에 갇혀 있던 바람도 그 애 그림자를 따라다니느라 분주해진다. 직장에 간 엄마 대신 외할머니와 놀아야 하는 꼬마는 어른의 신경통 따위 관심이 없다. 호기심 천지인 손녀 때문에 할머니의 하루해는 짧기만 하다.

아이가 엄마 품으로 돌아가고, 사람들의 발걸음이 뜸해지면 정적이 맴돈다. 깊은 밤에 하루를 돌아본다. 오늘도 지루했다. 내일도 심심했으면 좋겠다.

그저 그런 변함없는 날이 또 다른 축복임을 안다. 누군가는 짜장면을 시켜 먹고, 누군가는 색소폰을 부는 그런 나날들.

두 노인

어스름이 몰려드니 사람들의 발길이 빨라진다. 집에 가서 따끈한 국물이라도 들이켜 추위와 어둠을 견디고픈 시간이다.

어디선가 익숙한 냄새가 밀려왔다. 시외버스 간이 터미널에 눅진하고 기름진 냄새가 날리기 시작한다. 세상의 마지막 라면을 먹듯 고개를 숙이고 있는 노파가 보인다. 한 남자가 작은 소주병을 올려놓자 노파가 익숙한 솜씨로 병을 기울인다.

허기를 면한 노파 얼굴이 느긋하다. 구겨진 속을 라면으로나마 채우고 소주로 입가심하니 굳었던 몸이 풀리나 보다. 움푹 꺼졌던 눈두덩이 조금 차오르는 것 같다. 허리를 펴고 한참 앉아 있더니 그제야 생각난 듯 난전을 치우기 시작한다. 난전이랬자 큰 시장에서 팔고 남은 채소를 터미널 길옆에 펼쳐 놓은 것이다. 마지막 떨이로 다 팔지 못한 대파와 마늘을 거두어 비닐봉지에 다시 담는다.

노파는 마른 미역처럼 건조한 얼굴로 검은 봉지를 챙긴다. 새벽부터 무거운 짐을 이고 지고 와 하루를 펼쳤지만, 떨이가 남았다. 비닐봉지에 되담는 손길이 무겁다. 물건을 팔다가 우수나 덤으로 얹어 주었으면 깔끔하게 되돌아갈 수 있을 터인데 그게 쉽지 않나 보다.

이윽고 차가 왔다. 버스에 올라타려는 순간, 노파의 비틀어진 허리가 휘청거린다. 기다렸다는 듯 누군가 그녀의 허리를 부축하는 것을 보니 한두 번 솜씨가 아니다. 아까 그 남자다. 수세미 같은 노파 머리가 의자 등받이에 기댈 때까지 밖에서 목을 빼며 지켜보고 있다. 조금 전에 라면을 끓여 주던 게 생각나서 아는 사이인가 물어보니 고개를 흔든다. 먼 고모뻘이라든지 아니면 고향 어른 정도의 사연이 숨어 있을 줄 알았는데 아무 연관이 없단다. 그런데 왜, 하는 내 눈빛을 묵살하기가 어려웠는지 그가 한마디 던진다.

"그람 워찌께유. 사람이 먹어야 사는디."

이어지는 말을 듣고 나니 노파에 대한 그림이 그려진다. 이른 새벽부터 푸성귀를 이고 지고 첫차로 나오다 보니 아침밥은 물 건너가기 일쑤고, 점심도 시장통에서 누가 나눠 주거나 보태 주면 대충 때우고, 저녁밥은 어둠에 쫓겨 발을 동동 구르다가 때를 놓치기 십상이리라. 새벽부터 일하고도 끼니를 챙기기 힘든 노파이다. 다른 이들 같으면 아랫목을 차지할 터인데, 나이 구십 줄의 노파가 빈속으로 다니는 게 안타까워 라면냄비에 물을 올리기 시작했다는 검표원이다.

그 말을 듣고 보니 칠십 줄의 남자가 다시 보인다. 차가 오면 행선지나 알려 주고 차표를 확인하는 일이니, 있어도 그만 없어도 그만인 사람이라 수입도 변변찮을 것이다. 주방도 없는 간이 터미널 구석에서 눈치껏 라면을 끓여 내기가 쉽지 않음은 뻔하다. 처음에는 그냥 해 드렸는데 때로는 노파가 라면을 대기도 한다지만, 매일 한 끼를 시간에 맞춰 대접한다는 것이 보통 일은 아니다. 소주병까지 슬며시 곁들이는 그만의 라면 봉양이 십여 년 넘게 이어져 오고 있단다. 우리 마누라가 알면 가만 안 둘 거라고 말하는 그의 얼굴이 참 밝다. 손등의 굵은 주름살도 따뜻해 보인다.

나이 구십 줄에 이르도록 자신에게 따스한 밥 한 그릇 대접하지 못하는 노년이라니 씁쓸하다. 그 연세에도 시장으로 나와야 하는 이유가 궁금하다. 텃밭의 푸성귀를 팔아서 푼돈이라도 건져야 할 형편인지, 아니면 사람 구경 삼아 일거리를 만들어 나오는 것인지. 이유야 어쨌든 끼니를 놓치는 노년의 삶이 옹색해 보이는 것은 사실이다.

그래도 노파는 강단과 체력이 있는 편이다. 내 발로 걸어 다닐 수 있고 용돈도 벌 수 있으니 그나마 다행이다. 다리가 있으되 움직일 수 없는 노인들이 얼마나 많은가. 세 발, 네 발을 동원해도 꿈쩍 못하는 이들도 숱하다. 생의 종착역이나 다름없는 요양원에서 마지막 기차를 기다리는 어른들이 갈수록 늘어나고 있다.

백세시대라는 말이 실감난다. 산부인과나 소아과는 쌀의 뉘처럼 찾기 힘든데 요양원은 어디 가나 눈에 띈다. 평균 수명이 연장된 만큼 그만큼 견뎌 내야 할 시간도 길어졌다. 노후를 미처 준비하지 못한 이들에게는 지루한 나날이 될 수도 있다. 시장의 노파처럼 그 연세에도 생활 전선을 헤매야 될지도 모른다는 생각만으로도 아찔하다.

두 노인이 참 대조적으로 보인다.

검표원 남자를 생각하면 마음이 넉넉하다. 그의 웃음 때문만은 아니다. 타인의 허기를 자신의 온기로 채워 주는 따스함 때문이다. 그런 여유가 쉽게 얻어지는 것은 아니다. 마음은 있지만 힘이 없고, 힘은 있지만 마음이 없는 경우가 얼마나 많은가. 어쩌면, 그는 지금 저축을 하고 있는지도 모른다. 하루하루 덕을 쌓으며 자신의 노후를 준비하는 것으로 보인다. 성숙한 영혼으로 살기 위해 잘 익어 가는 연습을 하는가 보다.

'살아 있다는 것이 축복은 아니다. 어떻게 살아가는지 아는 것이 축복이다.'라는 멕시코 속담이 생각나는 날이다.

짜장면과 골프장

부엌의 부지깽이도 들판으로 나간다는 봄날이다. 얼치기인 우리에게도 농번기 동원령이 떨어졌다. 평생을 백면서생처럼 책상 앞에서 사는 남편은 물론이고, 꿔다 놓은 보릿자루 같은 나도 고향에서 부르면 달려가야 한다. 후유증으로 내리 사흘을 끙끙 앓아도 어쩔 수 없는 일이다.

오랜만에 온 식구가 고향집에 모였다. 들로 나가려는데 어머니가 한 말씀 하신다.

"오늘 점심은 짜장면으로 때우자."

혹시 잘못 들었나? 어쩌다 배달음식이라도 시켜 먹을 요량이면 지청구를 하시던 어른이다. 집에 쌀이 지천으로 널렸는데 웬 밀가루 음식을 돈 들여 시켜 먹느냐고 하셨다. 시댁에서 짜장면 운운하는 것은 우물가에서 숭늉 찾는 꼴이다.

설날 가래떡을 손수 써는 일도 몇 년 전에야 면제된 며느리들이다. 작은 일도 사람 손을 거쳐야 정성이라고 믿는 어른이니 새참도 대충 때우는 법이 없다. 하다못해 국수라도 삶아서 내가는지라 아침을 부실하게 먹고 온 품꾼들이 우리 집 일을 일순위로 친다는 소문이다. 세상에서 밥심만큼 중요한 게 없다는 것이 어머니의 지론이다.

이런 일화도 있다. 봄날 논둑을 지나치던 탁발승이 잠시 못밥을 대접받더니 어머니를 보고 한마디 던졌다. 남자로 태어났으면 천하를 호령할 팔자인데 치마를 둘렀으니 밥을 지어 여러 사람 먹여 살려야 한다고. 그 말을 듣고 보니 그럴 듯도 했다. 어머니의 밥을 먹지 않은 이들이 근동에는 없을 정도다. 일 많은 김제 땅으로 시집온 것부터가 평생을 밥과 함께 살겠다는 무언의 약조와도 같고, 방앗간집 안주인으로 살다 보니 지나가는 이들에게 밥사발을 내미는 일들이 허다했다.

어머니는 밥 짓는 공덕도 복을 짓는 일이라고 여기신다. 매일 해야 하는 하루 세 끼도 대충하는 법이 없다. 생애 마지막 밥을 차리는 것처럼 정성을 기울였다. 하지만 이도 옛말이 되었나 보다.

일터로 날라 온 짜장면을 몇 번 휘휘 젓는 어머니다. 비틀어지고 쏠린 손가락이 마른 갈퀴 같다. 평생을 일궈 온 손, 한생을 건너온 도구였다. 당신의 지난 시간들이 녹아 있는 손이다. 보는 것만으로도 짠하다.

밥심을 최고로 쳐 온 어른이 밥 대신 짜장면을 권하는 심정이 어떨까? 스스로 골방 노인네임을 자처하는 것도 아니다. 그런 어머니를 보면서 서글펐다. 일종의 타협으로 보여서다. 아니, 타협이라기보다는 굴복으로 느껴졌다. 그것은 어머님만의 굴복이 아니다. 우리 농촌의 또 다른 모습이기도 하다.

참 많이 달라진 고향이다. 봄이 오면 외려 가슴이 답답해지고 묵은 체증처럼 속이 더부룩해진다고 한다. 햇살이 길어져도 일터로 나갈 장정들이 없는 판이니 봄인들 무슨 재미가 있을까. 오십 줄에 든 이들이 청년으로 대접받는 시골이다. 거기다 품삯은 좀 비싼가. 남자들의 하루 일당이 십만 원대를 넘는데도 마땅한 일꾼이 없다. 도시에 사는 자식들 눈치를 볼 수밖에 없다. 여기저기 전화를 돌린 끝에 날을 잡아 자식들을 모이게 한다.

금쪽같은 해를 아끼기 위해 짜장면을 생각해 낸 어머님이다. 여북하면 밥심을 최고로 치던 어른이 중국집 전화번호를 찾겠는가.

짜장면 배달 오토바이가 쌩하니 사라진 길옆으로 차량들이 즐비하다. 주말이라 그런지 여기저기 코를 박고 있는 차들이다. 인근의 골프장 때문이다. 최근에는 작은 찜질방도 생겼다. 골프 치고 밥 먹고 찜질까지 겸할 수 있는 휴식 공간이 생겼으니 나름 풀코스라 하겠다. 하루 종일 뙤약볕에서 땀 찜질로 고생하는 우리 어머니는 그 흔한 찜질방이 생긴 줄도 모르시나 보다.

"어째 차가 더 많이 들어온디야?"

혼자 중얼거리는 어머니 말씀을 못 들은 척했다. 사실대로 알려드리면 또 마뜩찮아 하실 터이다. 얼마 전에 골프장에 취직한 동네 여인이 그곳 인부와 눈이 맞아 줄행랑쳤다는 소문에 찜찜해하시던 생각이 나서다.

마을 어귀에 자리 잡은 골프장은 사시사철 푸르다. 계절도 비켜가는지 늘 푸른 초원이다. 여름날이면 고구마순들로 초록 바다를 이루고, 겨울이면 비료 부대 눈썰매로 왁자하던 그곳이었다. 아이들의 푸른 외침으로 활기차던 인근 학교는 문을 닫았고, 도시의 어른들만 공놀이에 바쁘다.

새가 날아가듯, 골프장의 하얀 공이 김제 들녘을 향해 날아가고 있다.

꽃향기는 천 리를 가고

나이 들수록 누군가를 존경한다고 말하기가 쉽지 않다. 어린 시절에는 학교 선생님이나 위인전의 주인공을 서슴없이 댔지만, 갈수록 존경이란 단어 앞에서 뜸을 들인다. 그 말이 주는 깊이와 울림을 기억하기 때문이다.

정치가나 대중 강연에 능한 이들은 '존경하는'이란 말을 쉽게 쓴다. 자신을 낮추고 상대를 높이는 방법으로 이처럼 무리 없이 사용하는 말도 흔치 않다. 다분히 사교적인 발언인 걸 알지만 듣는 이도 기분이 좋아지는 말이기 때문이다.

진정으로 존경할 만한 이가 있다는 것은 축복이다. 숨겨 놓은 보물과도 같다. 그 사람을 생각하는 것만으로도 힘이 나니, 그의 영향력은 어떤 권위보다도 우월하다.

내 주위에도 그런 사람이 있다. 명문대학 출신의 박사라서가 아니요, 모 국책 연구소의 책임자라서도 아니다. 그를 보면 한사람의 인격이 미치는 영향을 생각한다. 조용히 자신의 길을 가는 것 같은데 주변에는 사람들로 넘친다. 자석에 쇳가루가 쏠리듯 사람들이 몰려든다.

그는 낡은 승합차를 끌고 다닌다. 여름에는 에어컨을 트는 것보다 창문을 열어야 할 정도로 낡았지만 그 차는 주말에 더 분주하다. 유학생이나 외국인의 발이 되어 바쁘게 움직인다. 직장인으로서는 황금 같은 연차를 쪼개어 자원봉사 일을 하는 그다. 본인 또한 가난한 국비 유학생 시절이 있었기에 이 땅에 온 유학생이나 과학자들을 돕고자 시작했나 보다. 처음에는 언어 문제 같은 작은 일을 도와주었는데 지금은 관록 있는 NGO 단체로 자랐다.

그가 대통령상을 받았다고 했을 때 우리 모두 박수를 보냈다. 그가 산 밥 때문이 아니었다. 그동안 샀던 밥으로 치면 그는 대통령상을 열 번도 더 받았어야 한다. 그가 사람들의 존경을 받는 이유는 자신을 세우기보다는 구성원들의 자리를 챙기고 사람들을 세울 줄 아는 리더이기 때문이다. 여러모로 본을 보여 주던 그를 기억한다. 사람 사이의 온기를 더해 주고 좋은 분위기로 이끄는 힘이 그에겐 있다. 끊임없이 자기 자신을 낮추며 공동체의 유익을 생각한 결과이다.

세상에는 세 가지 종류의 권위가 있다. 지위와 신분에 비례하는 사회적 권위, 교직자나 성직자 같은 문화적 권위, 인격적인 관계를 통하여 이뤄지는 관계적 권위 등이다. 이 중에서 사람의 마음을 크게 움직이는 힘은 관계적 권위이다. 사람들이 존경하고 따르는 데는 인격적인 바탕이 전제되지 않고서는 힘들다.

위치나 자리가 존경심을 불러온다고 믿는 이들이 있다. 권위적이거나 권위의식이 강한 사람들이 빠지기 쉬운 오류다. 대표이기 때문에, 리더이기 때문에 존경받을 권리가 있다고 생각한다. 최근에 문제되는 '갑질'도 이런 발상에서 비롯된 것이겠다. 사회적으로 유리한 입장이라고 상대방을 부당하게 대하는 이들은 존경받기 어렵다. 사람의 마음은 누른다고 반응하는 자판기가 아니지 않은가.

최근에 리더의 중요성을 새삼 깨달았다. 우연한 계기로 다른 분야의 사람들과 만날 기회가 있었는데 연락도 취할 겸 구심점이 되어 줄 이를 뽑았다. 처음에는 열정적으로 일하던 그녀였다. 미끌미끌한 말솜씨하며 연예인 뺨치는 옷차림 뒤에 가려진 진짜 모습이 드러났다. 그녀가 사라졌을 때, 내 자신이 바보 같았다. 설마, 하는 심정으로 그녀를 믿고 기다리자고 우겼던 나였기에 실망감 또한 컸다. 우리는 사람만 잃은 게 아니라 인간 사이의 신뢰를 잃었고 모임 전체를 잃었다. 외모와 말솜씨 같은 겉모습으로 사람을 뽑은 내 미숙함이 문제였다.

덕분에 리더로서의 덕목을 다시 생각해 보았다. 자기희생을 미덕으로 생각하지 않는 사람이 리더가 되면 그 공동체는 탄탄하기 힘들다. 어떤 단체고 리더가 중요하다. 철학도 없고 책임감도 없이, 보이는 이익에만 눈이 어두운 이를 뽑으면 그 여파는 공동체 전체에 미친다. 리더, 한 사람이 중요한 이유다.

머잖아 선거철이다. 어떤 대표를 뽑는가에 따라 우리 삶의 향방이 갈린다. 그들은 우리의 미래다. '화향천리행, 인덕만리행'이라는 옛말이 생각난다. 꽃향기는 천 리를 가지만 사람의 덕은 만 리를 간다는 말처럼, 존경할 만한 이를 만나고 싶다. 사람 향기 가득한 인물을 뽑을 수 있다면 두말 할 것도 없겠지만, 적어도 정의와 정직에 대해 고민하는 이를 만나고 싶다.

내가 너무 큰 것을 바라는 것일까.

도시의 순례자

교회 식당은 늘 일손이 모자란다. 인근의 노숙자들과 독거노인들에게 토요일과 일요일마다 점심을 대접하느라 주말이면 북새통이다. 한꺼번에 몰려오는 이백여 명의 식사를 준비하다 보면 기계적으로 움직일 수밖에 없다. 정신없이 밥을 푸는데 날카로운 금속성 소리가 들렸다. 누군가 국물을 엎질렀거나 식판을 떨어뜨렸나 싶어 고개를 드는데, 바로 내 앞에서 한 남자가 식판을 거칠게 두드렸다. 시장해서 그러는가 싶어 음식을 바삐 내밀었다. 이내 식판이 되밀렸다.

"더 담으라고. 떡하고, 귤."

밥은 이미 먹었으니 간식으로 나오는 귤과 떡을 더 담으란다.

떡이 담긴 종이컵을 사내 앞으로 디밀었다. 또 담으란다, 양이 안 차니 비닐 주머니를 채우라고 아예 반말 조다. 도를 넘는 생떼에 한심하기도 하고, 무섭기도 하고, 나는 난감했다. 얼굴이 화끈거렸다.

"떠억!"

엉거주춤 물러서서 그를 살폈다. 사십 대쯤으로 보이는데 얼굴은 납빛이고 입가엔 허연 거품이 묻어 있다. 덥수룩한 머리카락은 옷깃을 덮고, 어두운 눈동자는 날이 서 있는 데다 무엇보다도 나를 압도하는 것은 그의 금목걸이다. 빵집 같은데서 비닐봉지를 묶는 데 쓰는 노란색 철심을 꼬아서 만들었나 보다. 금목걸이와 쑥대머리, 희번덕이는 눈빛이 예사롭지 않다. 여차하면 판을 뒤집어 버릴 수도 있다는 광기가 여지없이 드러나 있다.

마침내, 그는 개선장군이 되었다. 전리품이나 다름없는 검은 비닐봉지를 흔들며 의기양양한 표정이었다. 그가 한마디 내뱉었다.

"하나님이 당신네 편인 줄 알아?"

한 대 맞은 기분이었다. 경우를 몰라도 유분수지, 고맙다는 말은커녕 비아냥거리다니. 비정상적인 이가 던진 말이라고 치부하는데도 그 남자의 말은 가시처럼 박혔다.

그 후, 얼마 있다가 다시 식당 당번이 되었다. 회색빛 행렬 사이에서 나도 몰래 그를 찾고 있었다. 지금도 무료급식소의 단골인지, 여전히 노숙자로 사는지 궁금했다. 배식 줄이 느슨해질 즈음에 그가 헐레벌떡 들어왔다. 예전과는 달리 차림새가 깨끗했다. 청재킷과 청바지 차림이라서 소풍이라도 가는 이 같았다. 그에게 도 봄날이 왔나 싶어 밥을 푸는 내 손에 힘이 들어갔다.

"오늘이 부활절이지? 부활절 기념으로 반찬 좀 더 줘."

여전히 당당했다. 자신이 비닐봉지에 싸 가지고 가는 반찬이 무료급식자 몇 사람 몫이라는 것은 생각지도 않는 태도다. 또 금복걸이를 했나 싶어 훑어보았더니 그날의 설정은 귀 뒤에 꽂은 담배였다. 누가 보면 일을 열심히 하다가 나온 줄 알겠다. 보란 듯이 담배를 귀 뒤에 꽂고 있는 사내의 눈빛은 여전히 어둡다. 이번에도 그냥 가기에는 서운한지 한마디 던졌다.

"야베스의 기도 알아?"

언뜻 생각나지 않았다. 순간, 그의 얼굴에는 조롱의 빛이 역력했다. 내가 얼버무리자 기고만장해서 몇 마디 사설을 덧붙였다. 그러나 내 머릿속은 '야베스의 기도'에 갇혀 버렸다. 또 후려치기를 당한 기분이었다. 나의 지경을 넓혀 주고 환난에서 구해 달라는, 복을 비는 성경 내용이 한참 후에야 생각났다. 서당 개 삼 년이면 풍월을 읊는다더니 그가 그 짝인지, 아님 내가 수준 미달인지 많은 생각이 스쳤다.

그가 진정으로 하고 싶은 말은 무엇이었을까. 야베스란 말뜻 자체가 '고통'인 것처럼, 삶의 냉혹함과 목구멍의 잔인함에 대해서 말하고 싶었는지도 모른다. 밥을 두 그릇씩이나 비우고도 줄을 서서 밥을 또 저장해야 하는 이들의 사정을 어찌 알며, 가방을 두 개씩 짊어지고 거리를 배회하는 사연을 당신 같은 사람이 어찌 알 겠는가, 따지고 있는 것처럼 보였다. 누군들 이런 삶이 좋아서 살 아가겠느냐고, 삶이란 때론 배역이 바뀔 수 있고, 선택의 여지없 이 주어지기도 한다는 걸 생각해 본 적이 있느냐고 되묻는 것 같 았다.

어쩌면 내 속마음을 알아차렸을 수도 있다. 당시 나는 억지 춘향 처럼 밥을 푸고 있었다. 앞치마를 걸쳤는데도 옷은 축축하고 손목 이 시큰거려 배식 줄이 끝나기만을 바랐다. 안개 낀 날에 소 찾아 헤매듯, 거리를 노닐다 밥을 호령하는 그의 태도도 못마땅했다. 그것도 한참 일해야 할 젊은 남자가 말이다.

그나 나나 다를 게 뭐 있겠는가. 단지 배식판을 경계로 마주 서 있을 뿐이다. 섬기는 일도 내게 온 기회인데, 연민의 마음 없이 형식적으로 음식을 담던 나였다. 그러면서도 그들과 다른 양, 고 상한 체하고 경건한 체했다. 큰 교회를 다닌다고 자신의 믿음이 대형인 양 착각하는 내 모습을 이미 간파했나 보다. 성경에 밑줄 은 잘도 그으면서 삶 속에서는 밑줄 긋는 연습조차 하지 않았으 니. 사랑이 없는 행동, 그저 보이기 위한 태도가 종교적인 허영임 을 꼬집고 싶었는지도 모른다. 그러지 않고선 그리 당당할 수가 없다.

그가 검은 비닐봉지를 들고 식당문 앞에 섰다. 문밖에는 햇빛이 흘러넘쳤다. 금빛 햇살을 배경으로 서 있는 그의 모습이 역광으로 찍힌 사진 같았다. 검은 실루엣이 천천히 움직였다. 그의 뒷모습에서 자신의 언덕을 넘어가던 어떤 그림자가 겹쳐졌다. 어찌 보면 낯이 익기도 하고 아주 낯설기도 한 그림자 하나가 거리로 천천히 들어섰다.

사람이 희망이라는
말 처 럼

누군가는 죄를 짓고,
그를 면회 오는 누군가를 위해
따스한 붕어빵을 내미는 이가 있다

어둠 속의 별들

사람이 살다 보면 가지 말아야 할 길도 있고, 가지 않았더라면 어땠을까 걱정되는 길도 만난다. 전자는 잘못된 선택이라서 후회 막심이지만, 후자는 내게 주어진 기회로 보여 다행스럽다. 지극히 개인적인 생각이지만 나의 교도소행은 후자에 가깝다.

처음에는 지인의 부탁으로 들어갔다. 일 때문에 외국에 잠깐 다녀와야 한다기에 가볍게 고개를 끄덕였다. 금지된 구역에 대한 호기심도 한몫했다.

준비도 없이 그곳에 갔다. 예전에 아이들을 상대로 독서 지도와 논술을 해 본 경험이 있기에, 가벼운 마음으로 들어갔다. 내가 가져간 것은 정호승 시인의 시「봄길」이란 시였다. 자료를 나눠 주고 더듬더듬 이야기를 이어 간 것 같은데 무슨 말을 했는지 모르겠다. 처음 본 사람들, 그것도 수용자들 앞에서 몹시 긴장했다는 것만 생각난다.

한국어 수업 끝에 기분 전환 삼아 그들과 합창을 하는데 나도 몰래 울고 있었다. 왜 그랬는지 잘 모르지만 가슴으로부터 올라오는 눈물을 참기가 힘들었다. 눈물범벅이었다. 처음 온 자원봉사자의 우는 모습을 걱정스레 지켜보는 장기수들이었다.

지금도 지인들은 묻는다. 하필이면 교도소냐고, 여전히 다니느냐고.

일주일에 한 번씩 가다가, 교도소 사정상 이 주에 한 번씩 다닌다. 거기서 보낸 시간만큼 많은 사람들을 만났다. 수용자들뿐 아니라 교도소 직원들과 자원봉사자들, 그리고 후원자들을 만났다. 이 일을 하지 않았다면 결코 만날 수 없는 사람들도 있다.

샘(SEM)이라는 자원봉사단체를 만난 것은 십년 전쯤이다. 대덕 연구 단지의 과학자들 중 몇몇 뜻있는 이들로부터 시작되었는데, 샘은 주로 외국인들에게 한글을 알려 주고 그들의 한국 적응을 도와주는 봉사단체이다. 처음에는 유학생과 과학자들을 대상으로 했으나 십여 년 전부터 외국인 재소자들도 섬기고 있다.

귀한 이들을 많이 만났다. 자신의 연차를 쪼개서 봉사하던 분, 점심을 거르며 동참하던 분, 강의 시간을 조정하며 봉사하는 분, 시간과 마음을 쪼개어 참가하는 분도 있다. 국책 연구소 연구원,

대학교수, 종교인 등등 여러 종류의 봉사자들이다.

왼손이 한 일을 오른손 모르게 도와준 이들도 있다. 선한 사마리아인들이다. 재옥 씨, 동숙 씨, 선영 씨, 그리고 혜영과 소연은 잊을 수 없다. 참 따스한 이들이다. 교도소를 들락거리지 않았다면 봄날 같은 그들의 속마음을 못 만났을 수도 있다.

어쩌면, 나는 전생에 그쪽 출신인지도 모르겠다. 푸른 옷들 속에서 나 자신을 볼 때가 많다. 내가 바깥에 사는 것은 죄를 짓지 않아서가 아니라 들키지 않아서라는 생각이 들 때가 많다. 극단의 환경에 내몰렸다면 나도 별 수 없었으리라. 재수가 좋아 바깥사람으로 사는 걸 감사한다. 교도소를 웃으며 다닐 수 있으니 복은 복이다. 이상하게도 그곳에 가면 힘이 솟는다. 신이 내게 부어 주시는 은혜라고 생각한다.

교도소에 갔다 오면 속칭 별을 달았다고들 한다. 그러나 진짜 별이 되는 그들을 보고 싶다. 비록 어둠 속에 잠겨 있지만 언젠가는 별들처럼 빛나는 존재가 되길 빈다. 자신의 땅에 돌아가서는 환한 별이 되길 기대한다. 그런 마음으로 다음 주에도 그곳에 갈 것이다.

떠도는 섬

입술 위의 밥풀조차 무겁다는 삼복더위에는 한글반도 방학을 한다. 그 전에 조촐한 종강파티를 열기로 했다. 말이 파티지 평상시보다 간식거리가 늘어나고 오락 시간이 더 주어지는 정도이다. 그래도 파티 기분을 내기 위해 커다란 원을 그리며 앉았다. 시야가넓어진 것은 좋은데 시선을 어디다 두어야 될지 쑥스러웠다.

맨 처음 그곳에 갔을 때가 생각났다. 몇 개의 문을 거쳐 건물 깊숙이 들어갈수록 가슴이 쿵쾅거렸다. 누군가 내 심장을 드럼 치듯두드리는 것 같았다. 눈빛은 떨리고 목이 간질간질하여 헛기침이자꾸 올라왔다. 처음 본 그들은 늙은 남학생들 같았다. 같은 복장에 같은 머리 모양 때문인지도 모른다.

종강파티에 온 이들은 잔뜩 기대 어린 표정이었다. 파티라, 얼마 만에 듣는 소리인가. 가벼운 설렘 같은 것이 서려 있었다. 오락 시간이 시작되자마자, 기다렸다는 듯 앞으로 나서는 이가 있다. 노래를 부르기 시작했다. 단순하지만 흥겨운 리듬에 몸을 맡긴 그는 한 마리의 야생 동물 같다. 박자에 맞춰 춤을 추는데 노래와 절묘하게 어울린다. 그 노래 너머로 아프리카의 푸른 들판이 보이고 황혼으로 물들어 가는 붉은 사하라 사막이 어른거리는 듯했다. 검은 차돌 같은 얼굴에 흰 치아가 인상적인 그는 나이지리아 출신의 청년이다.

두 번째 출연자는 옆집 대학생 같다. 작은 체구에 검은 눈동자와 검은 머리카락을 가진 평범한 젊은이다. 그는 이곳에 온 지는 삼 년 정도 되었고 앞으로 십여 년은 더 있어야 한다는 말로 자신을 소개했다. 순간 청년의 얼굴이 잠시 흔들렸다. 십여 년이라니, 싸한 바람이 주위를 훑고 지나갔다. 여기서 청춘을 보내야 하는 그를 볼 때마다 짠하다. 내 아들 또래여서 그런지, 왜소한 체격 때문인지, 서툰 우리말 때문인지는 모르겠다. 마치, 형편이 잘 풀리지 않는 이웃을 보는 기분이다. 그의 국적은 우즈베키스탄이지만 실은 고려인 3세다. 그의 얼굴을 보면, 척박한 중앙아시아를 지나가다 한인들을 무조건 기차에서 내리게 했다는 스탈린의 강제 이주 정책이 생각난다.

그날 오락 시간의 대미를 장식한 이는 중년의 몽골 남자다. 그는 피아노 건반을 두드리기 시작했다. 교도소 교육실에 피아노가 있다는 것을 처음으로 알았다. 저리 유연하게 연주하는 남자가 자신의 고국에서는 어떤 사람이었을까. 피아노 앞의 그는 번호 몇 번이 아니다. 몽골의 들판을 달리는 말이나 매처럼 자유롭다. 하늘과 땅을 거침없이 오르내리는 초원의 바람처럼 그도 예전의 시간 속으로 돌아가고 싶을 것이다. 하지만 그는 푸른 옷에 갇혀 있다.

주변 사람들을 둘러보았다. 마치 인종 전시장 같다. 검은 피부의 나이지리아 사람, 금발의 러시아 청년, 눈동자가 깊은 무슬림 청년도 있다. 그들의 앞가슴마다 숫자가 적혀 있다. 아주 특수한 상징이다. 공통점이라면 법무부의 엄격한 통제를 받아야 하는 국제 학교(?)의 재학생이라는 점이다.

언젠가, 농담으로 자신을 얼마짜리로 생각하느냐고 재소자에게 물은 적이 있다. 상대는 쑥스러운지 머리를 긁적이다가 십 년짜리라고 했다. 난감했다. 사람은 어디에 있든지 가격을 매길 수 없는 소중한 존재임을 강조하고 싶었는데, 그는 자신의 수형 기간을 말했던 것이다. 늘 마음 언저리를 떠도는 생각이 불쑥 튀어나왔던 것이다.

외국인 재소자, 그들은 철저하게 고립된 무인도 같다. 외국인이기에 면회 오는 이도 드물고 영치금을 넣어 주는 이도 없다. 낯선 장소에서 하루하루를 살아 내고 있을 뿐이다. 죄는 순식간에 지었지만 참회하며 보내야 하는 시간은 길고 멀다. 낯선 시간을 혼자 떠도는 섬이다. 먼 바다로 흘러와서 수평선 너머를 그리워하고 또 그리워하는.

재소자들을 만나고 돌아오는 길은 착잡하다. 거친 풍랑에 잠긴 섬들을 바라보는 기분이다.

거미줄을 짜는 남자

글씨가 괴발개발이다. 꼬리가 요상하게 달려 있는가 하면, 옆구리가 터진 게 있고, 비스듬히 누워 있는 것들도 있다. 언뜻 보면 글쓴이가 문맹이 아닐까 싶다.

남자는 사십 대 중반쯤이다. 머리카락을 박박 민 사내는 처음부터 웃기만 했다. 첫 만남이라 쑥스러워서 그러는가 싶었는데 여느 웃음과는 달랐다. 어눌하고 둔탁한 목소리가 구부러진 활자처럼 꺾여 나왔을 때에야 그의 상태가 이상하다는 것을 눈치 챘다. 이 정도면 한글 교육은커녕 의사소통이 문제다. 보디랭귀지도 쉽지 않은 상태이다.

이름을 물으니 노트를 앞으로 내밀 뿐이다. 누군가의 주소와 이름, 나이가 한자로 씌어 있다. 그의 가족인 모양이다. 알아보기 힘든 글씨들을 줄줄이 써 놓고 오래된 가족사진처럼 지긋이 바라보는 남자다.

글을 쓸 때의 그는 온몸이 붓이 된 듯하다. 한쪽 어깨를 기울이고 고개를 갸우뚱한 채, 입술을 앞으로 내밀고 힘을 주지만 글씨는 제멋대로다. 벌레가 기어간 흔적처럼 비뚤비뚤해서 거의 상형문자 수준이다.

그는 뇌출혈로 몸의 반쪽이 말을 듣지 않는다. 교도소에 들어오기 전에 발병했는지 수형 생활로 인한 결과인지는 알 수 없다. 의사표시를 제대로 할 수 없는 이라서 형편을 파악하기 힘들다. 듣기는 하는 것 같은데, 말하기가 어눌하여 겨우 내뱉는 소리가 중간에서 뭉툭하게 잘려 나온다. 몸이 말을 듣지 않으니 한글 공부는 뒷전이다. 말 한마디 시원하게 내뱉을 수 없는 답답함을 미소로 뭉뚱그리는 이를 보면 마음이 짠하다. 그쪽 형편을 알겠노라고 눈을 맞춰 가며 고개를 끄덕여 볼 뿐이다. 건강한 사람도 견뎌 내기 힘든데 중병까지 겹쳤으니 하루하루가 외줄타기 같을 것이다.

김 씨의 얼굴 뒤로 송 씨가 떠오른다. 그를 처음 만났을 때 죄목이 믿기지 않았다. 얼굴만 보면 유학 온 대학원생처럼 외모가 깔끔했기 때문이다. 겉모습이야 호감형으로 보이는데 긴 형기를 치러야 하는 몸이다. 미래를 담보 잡힌 현실이야 어둡고 칙칙하지만 그에게도 꿈이 있다. 죗값을 치른 후 고향에 돌아가 딸과 함께 살고 싶어 한다. 딸이 커 나갈 때 아빠 자리를 제대로 지켜 주지 못한 미안함을 그렇게라도 보상하고 싶어 하는 평범한 가장이었다. 그런 그가 앙상한 나무처럼 변했다는 소식이다. 시한부 삶이란다. 죄에 대한 자책감과 가족들로부터의 고립감, 열악한 수형자 생활 등으로 인해 최악의 상황에 다다랐나 보다.

낯선 나라에서 수형자 신분으로 사는 것도 힘든데, 병든 몸으로 생의 마지막을 견뎌야 한다. 참 딱하다. 기적이 생기지 않는 한, 질병은 그를 끝까지 밀어붙일 것이다. 이런 특별한 경우에는 고국으로 돌아가 형기를 마칠 수도 있다는데, 의료 환경이 열악한 나라로 돌아가는 것도 조심스러운가 보다.

몇 년 전, 꿈의 사다리를 찾아 이 땅에 왔던 그다. 돈을 많이 벌면 행복하리라고 생각했으리라. 돈을 벌기 위해 참고 또 참았다. 온갖 스트레스를 술로 풀다가 그만, 치밀어 오르는 감정을 제어하지 못해 일을 저지르고 말았다. '한순간'은 덫이 되고 올가미가 되어 그의 인생을 뒤죽박죽으로 흩어 버렸다. 상상도 못한 급추락이다.

내 앞의 김 씨는 여전히 글씨를 그린다. 반신불수로 조막손이 되어 버린 손이다. 한때 저 손으로 가족을 먹여 살리고 아이들을 키웠을 것이다. 더 좋은 앞날을 위해 공사판을 전전했건만 현실은 어긋나 버리고 말았다. 힘깨나 자랑하던 가장은 글씨 한 자 쓰기 힘들다. 입에서 맴도는 이름 하나 뱉을 수도 없다.

온몸으로 쓰는 언어다. 한 글자 한 글자에 마음을 발라 적고 있다. 말을 잃어버린 이가 쓰는 일종의 주문 같다. 나를 잊지 말라는 기도문 같은가 하면, 미안함과 변명이 서린 참회록 같기도 하고, 잊힐지 모른다는 두려움이 담긴 호소문 같기도 하다.

그를 보면 거미가 생각난다. 거미가 거미줄에 매달리듯 글씨의 줄을 쳐 나가는 남자다. 한 줄에는 사랑하는 아내 얼굴을 그리고, 한 줄에는 귀여운 딸의 얼굴을 그리고, 또 한 줄에는 듬직한 아들의 얼굴을 그리는 이다. 가족의 이름과 나이와 주소를 적고, 또 적는 사람이다. 유일한 삶의 주소이자 생의 목표인지도 모른다. 쓰고 또 쓰며 온 힘을 다해 붙들고 있는 마지막 끈이다. 사랑이라는 거미줄에 자신을 옭아매며 그는 오늘 하루도 버티고 있다.

노트가 나달거린다. 교도소 수용자들에게만 허용되는 녹색 노트다. 벌써 두 권째다. 내용은 똑같다. 그는 몇 권의 노트를 더 써야 가족의 품으로 돌아가게 될까.

초록이 눈부신 오월, 바람이 교도소 바깥으로 우르르 몰려간다.

손과 손 사이

    그는 염불보다 잿밥에 더 관심이 있어 보였다. 더운 날에 시원한 수박이 웬 횡재냐고 먹어 대는 동료들과는 달리 수박씨를 모으는 일에 열심이었다. 잘 여문 씨앗이 무슨 보석이라도 되는지 입가에 미소가 번지고 있었다.

    작년에는 참외를 심었다고 했다. 만만한 땅뙈기가 있는 것도 아니요, 마음대로 가꿀 형편도 못 되는 그다. 아무도 모르게 씨앗을 심어 놓고 보물을 감춰 놓은 기분이었을 것이다. 그런 기쁨도 잠시, 참외가 익기도 전에 누군가 서리를 해갔단다. 사랑땜도 못했는데 손을 탄 셈이다. 이번에는 참외 대신 수박을 심을 거라고 말하는 얼굴이 환했다.

간식 시간이 끝나 갈 즈음, 그가 먹다 남은 떡 몇 개를 종이컵에 담았다. 이내 담당 직원이 다가왔다. 외부 음식물의 사동 반입은 안 된다는 그곳의 규정을 잠시 잊었던 것이다. 순간 나도 민망했다. 자기 방의 최고수에게 떡을 주고 싶었노라고 변명 삼아 말하는 그였다. 최고수라면 사형수를 말하는데, 같은 방을 쓰나 보다. 맛있는 거 보면 가까운 이가 생각나는 건 담 안이나 바깥이나 똑같다. 그게 인지상정인데도 규정상 떡 한 조각도 건넬 수 없다니 어쩌겠는가.

떡을 황급하게 쏟아 놓는 바람에 종이컵이 쭈그러졌다. 팥고물이 얼룩처럼 묻어 있는 빈 컵이 그의 마음 같았다.

처음에 그를 만났을 때가 생각난다. 악수를 나눴을 때 굳은살의 흔적이 남아 있었다. 단단하고 야문 손이었다. 만리타국까지 건너와 땀 흘리며 살아온 생의 이력을 짐작할 수 있었다.

우연히 그의 죄목을 알게 되었는데 모르는 것만 못했다. 말로만 듣던 살인사건의 주인공이었다. 그의 손이 예사로 보이지 않았다. 사람 마음이 얼마나 간사한지, 정직하고 성실해 보이던 손이 우악스런 도구로 보였다. 씨앗을 소중히 여기고 글씨를 정성스레 쓰던 손이 누군가의 피로 얼룩졌다고 생각하니 마음이 편치 않았다. 영화에서나 본 듯한 장면이 상상되기도 했다. 성실한 가장이 어쩌다 그 지경에 이르게 되었는지 속사정을 물어볼 엄두도 못 내고 마음이 저만큼 물러앉았다.

그는 종이컵을 한참 바라보더니 수박씨가 담긴 화장지를 얼른 주머니에 넣었다. 그리고 멋쩍은 듯 웃었다. 먹다 남은 떡이나, 내다 버리는 과일 씨 하나도 마음대로 챙기지 못하는 자신의 처지가 한심할 터인데도 그런 일에 익숙해진 얼굴이다.

언젠가, 이놈의 손이 죄라고 탄식하는 걸 들은 적이 있다. 단 한 번, 손을 잘못 놀린 죄로 씻을 수 없는 업보를 짊어지게 된 것이다. 씻어도 씻어도 지워지지 않는 죄를 보는 그 마음이 어떨까.

오귀스트 로댕의 작품 중에 '신의 손'이라는 조각이 있다. 아담과 이브가 하얀 손으로 돌을 받쳐 들고 있는 이 작품은 생명을 창조하고 우주 만물을 주관하는 조물주의 손을 형상화한 것이다. 하얀 대리석 조각을 보는 것만으로도 눈이 시원해지는데 어찌나 정교한지 손을 대면 온기가 전해 올 것 같다.

'악의 손'이란 작품도 있다. 이는 선악과를 따 먹은 이브를 모티프로 한 작품인데 어둡고 무거운 느낌이다. 소재가 청동이어서 그런 것만은 아니다. '악의 손'이란 이름 자체가 거리감을 주고 있다. 같은 손인데도 어떻게 쓰이는가에 따라 이름이 다르고 느낌이 달라지는 것이다. 로댕의 작품에서처럼 손은 신의 대리인이 되기도 하고 악의 도구가 되기도 한다.

손처럼 창조적인 도구도 없을 것이다. 새로운 형상을 만들어 내고 내면적 실체를 형상화시키기도 하며 우리의 삶을 가꾸고 역사를 쌓아 나간다. 그러나 이처럼 무시무시한 흉기도 없어서 순식간에 삶 전체를 회색빛 재로 만들어 버리기도 한다.

우리는 살아 있는 동안 끊임없이 선과 악 사이를 오간다. 어느 누구도 죄로부터 완전히 자유로울 수 없으며, 흠이 없는 사람은 하나도 없다. 세상에서 죄를 짓지 않고 사는 이가 있을까. 생각으로 지은 죄, 마음으로 지은 죄, 숱한 죄를 짓고 산다. 다만 드러나지 않았을 뿐이다. 치명적인 환경에 노출되었을 때 나는 절대 그렇지 않을 것이라고 장담하기는 힘들다. 따지고 보면 사람은 거기서 거기다.

신은 우리에게 양손을 주셨다. 한 손으로 지은 죄를 다른 손으로 갚으면서 살아가라는 뜻도 있고, 서로의 허물을 덮어 주며 살아가라는 뜻은 아닐지 짐작해 본다.

양손은 번갈아 가며 우리를 끌고 다닌다. 손과 손 사이에서 흔들리는 마음을 지키는 일이야말로 잘 살아가는 방법이다.

사람이 희망이라는 말처럼

추석 즈음에 택배 배송 문자가 핸드폰에 떴다. 물건을 주문한 기억이 없는데다 발신인의 이름 대신 네 자리의 숫자가 적혀 있어서 미심쩍었다. 요즘 보이스 피싱은 이런가 싶어 메시지를 지워 버렸다.

정오 무렵, 샘 사무실에서 전화가 왔다. 내 앞으로 택배가 두 개 배달되었으니 찾아가라는 것이다. 내가 그곳에 연관이 있다는 것을 아는 이가 많지 않은데 대체 누구일까?

직접, 두 개의 꾸러미를 보고서야 의문이 풀렸다. 내 핸드폰에 떠 있던 숫자는 전화번호도 아니고 집 주소도 아닌 죄수 번호였다. 인근 교도소에 수감되어 있는 이 씨의 번호였다. 큰 담을 넘어

온 배즙과 한과 꾸러미를 보니 눈물이 핑 돌았다. 이런 선물은 처음이다. 재소자이다 보니 명절일수록 외롭고 쓸쓸하기 짝이 없을 터인데, 밖에 있는 나를 다 챙기다니. 오히려 이쪽에서 신경 써 줘야 하는데, 가슴이 뭉클했다.

일주일에 한 번씩 교도소를 들락거린 지도 제법 되었다. 지인들은 불안한 눈빛으로 하필이면 왜 거기냐고 고개를 갸우뚱거렸다. 내 유별난 호기심을 탓하기도 했다. 장소가 장소인지라 처음에는 긴장되었다. 커다란 철문 안으로 들어갈 때면 뒷목이 뻣뻣해지고 입안이 바짝 말랐다. 요즘에는 푸른 옷들을 보고도 별다른 생각 없이 스쳐 지나갈 정도는 되지만.

이 씨는 조선족으로 사업차 한국에 왔다가 출국을 하루 앞둔 날, 사고를 쳤다. '그놈의 술이 웬수'였다. 한순간에 운명의 축이 어긋나고 만 것이다.

그는 보통 재소자들과는 달랐다. 같은 수형자이지만 노동자 출신과는 다르다는 묘한 자부심을 드러냈다. 한글반에 나오는 것도 바람 쐬러 오는 것처럼 보였다. 그런 그가 뇌출혈로 쓰러졌다. 인생에 커다란 오점을 남겼다는 자책과 번민, 수형 생활이 주는 스트레스에 시달리다가 하루아침에 반신불수 지경까지 간 것이다.

긴 투병 생활이 시작되었다. 수감자로서의 생활도 힘든데, 병마와 싸우는 이중고의 시간이었다. 사십 대의 나이에 얼굴이 비틀리고 몸이 내 마음대로 움직이지 않는 자신을 바라보는 심정이 어땠을까. 되돌릴 수만 있다면 운명의 시간을 비켜 가고 싶었으리라.

몇 달 후, 그가 불편한 몸을 이끌고 한글반에 다시 나왔다. 얼마나 기뻤는지 부둥켜안고 등을 토닥여 주고 싶었다. 그것도 잠시, 어눌한 말과 총기 없는 눈매는 여전했다. 몸과 마음의 탄력을 잃은 모습이 바람 빠진 축구공 같았다.

몇 계절이 지나 불행한 남자를 잊어 갈 무렵, 그가 돌아왔다. 정상에 가까운 모습이었다. 얼굴 한쪽이 돌아갔던 구안와사도 해결되었고 비틀렸던 몸도 자유로이 움직일 수 있었다. 멀리 있는 가족들이 보여 준 깊은 관심과, 우리나라의 선진화된 교도행정 덕에 회복이 빨랐다.

무엇보다 기뻤던 것은 그가 몸뿐만 아니라 마음도 변했음을 느낄 수 있다는 점이다. 주위 사람들에게 관심을 갖기 시작했다. 외국인 재소자들이다 보니 쪼들릴 수밖에 없는데, 동료 수형자들을 챙긴다. 간식을 나눠 먹거나 생필품을 덜어 주는 등 배려한다. 그뿐만 아니라, 장기수들의 가족 면회에 대해 관심을 갖는다. 가족들의 헌신적인 사랑으로 건강을 되찾은 경험자라서 더 그런 것 같다.

재소자 이 씨는 예전의 그가 아니다. 절망과 고통의 시기를 지나면서 인생관이 달라진 모양이다. 돈만 벌면 최고의 성공이 아니겠냐며 사업가 특유의 가치관을 보이던 이였다. 타인의 고통 따위야 남의 일이었다. 그런 그가 조금씩 주위를 둘러보기 시작한다. 자기애와 과시욕에 빠져 있던 이가 자신을 객관화시키나 보다. 마음의 벽이 허물어지니 타인이 보이는 것이겠다. 그의 변화를 보면 참 기쁘다. 한 사람의 성숙을 지켜보는 것처럼 행복한 일도 없다. 마치 큰 선물을 받은 것 같다. 생에 있어서 이런 반전을 본다는 것이 흔치 않기 때문이다.

교도소에도 여러 부류가 있다. 어떤 이는 범죄인지도 모르고 가담했노라 억울해하고, 재수 없게 가중처벌 받았다고 화를 내기도 한다. 외국인이라서 애초부터 기울어진 저울추에 올라앉은 것이 아니겠냐고 피해의식에 젖어 있는 이들도 있다. 반성이나 회개는 멀고 불만이나 불평은 가깝다. 이들에게 교화의 과정은 참 멀어 보인다. 잘못하면 교정 그 반대의 길로 접어들 위험도 있다. 죄의 경·중 유무를 떠나 자신을 바라보는 관점이 변하지 않으면 힘든 일이다.

세상에 빛과 어둠이 공존하듯 사람의 내면도 그러하지 싶다. 깊이를 알 수 없는 어둠이 있는가 하면 한량없는 빛도 있다. 살아가는 일 또한 어둠과 빛의 겨루기이다. 나를 내려놓고 빛 가운데로 나아갈 때, 본연의 자아를 만난다. 이것이 진정한 성공이며 성취가 아닐까.

사람이 희망이라는 말이 있다. 나는 오늘 외국인 재소자 이 씨에게서 또 다른 희망을 본다. 그가 어떤 씨앗을, 어디에, 어떤 방법으로 뿌릴지는 모른다. 다만 믿는 마음으로 기대할 뿐이다.

부바벵의 과자

"랑방이닷."

베트남 청년이 잇몸을 드러내며 환히 웃었다. 화이트 초콜릿 비슷한 과자가 금빛 포장지에 싸여 있다. 녹두로 만든 그것은 베트남에서는 최고급 과자란다. 한국의 교도소에서 고국의 랑방 과자를 보게 된 게 믿기지 않는지 그는 어쩔 줄 몰라 했다.

살살 녹는 단맛에 취해 사진 속의 남자를 바라보았다. 얼굴이 까무잡잡하고 키가 자그마한 남자가 웃고 있다. 자신을 못 알아볼까봐 사진 위에 한글 이름을 써 놓았다. 부바벵, 정갈한 글씨가 따스해 보인다.

그는 사진 바깥세상에서 살고 있다. 형기를 다 마치고 베트남으로 돌아가 한국어 강사를 한다. 자신의 안부를 전해 오며 과자까지 보내온 걸 보면 고국에서의 삶이 안정적인 모양이다. 어려운 일을 겪었지만, 한국에서의 경험이 삶의 연결 고리가 되고 있다니 참 기쁘다.

외국인 노동자들이 한국에 오면 욕부터 배운다. 욕인지도 모르고 귀에 익은 것이다. 사용자 측과 의사소통하기 위해서는 대화가 필수인데, 언어에 대해 철저한 준비 없이 작업 현장에 투입되다 보니 막말이 오가는 현실에 부딪힐 수밖에 없다. 그래서 욕에 익숙하고 고약한 말부터 배운다. 존칭이 문제되는 경우도 있다. 어른들과 대화할 때는 높임말을 쓰는 우리 문화에 익숙하지 않으면 버릇없는 사람으로 낙인찍히기 쉽다. 귀동냥으로 배운 반말이 튀어나오면 초장부터 관계가 서먹해질 수도 있다.

한 나라의 언어를 배우는 것은 그 나라의 문화와 전통을 알아 가는 과정이다. 부바벵은 여기에서 고생한 만큼 다양한 경험을 했다. 그런 과정들이 그를 능력 있는 한국어 강사로 세우리라 기대한다.

교도소 출신이라고 다 잘못된 길로 접어들지는 않는다. 오히려 제 모습을 찾은 이들도 있다. 몽골의 한 청년은 인생이 기우뚱했으나 자신의 나라에 돌아가서 시민단체 소속 의사로서 일한다. 막장이랄 수도 있는 교도소를 경험하는 동안 생의 방향에 대해 수없이 고민했나 보다. 세속적인 욕심으로부터 좀 자유로워졌달까, 삶의 지향점이 달라졌다. 고난이 그를 잘 세웠다고 믿는다.

어떤 여성은 한국에서 마약 관련사범으로 구속되었다. 가족들도 포기할 정도로 생활이 엉망이었다. 이 땅에 와서 인생의 목표를 바꾼 그녀는 홍콩으로 돌아가서 마약 퇴치에 앞장서고 있다는 소식이다. 가출을 밥 먹듯 하던 그녀가 자기와 닮은 청소년들에게 삶의 목표를 전하고 있다니 참 놀랍다. 얼마나 사람이 달라졌으면 그녀 부모님이 여기 한글 교육 담당자를 초청하여 저녁 식사를 거하게 대접했을까. 열 번, 백 번 들어도 고맙고 반가운 소리다.

한글을 배운다고 사람이 달라지는 것은 아니다. 한글은 외국인 재소자와 우리 사이에 놓인 다리이다. 그 다리 위에서 사람 대 사람으로 만난다. 가장 힘들 때 지켜보는 위로의 눈빛이면 족하다. 고개를 끄덕이며 미소 짓기만 해도 위로받는 그들이다. 절망의 순간에도 말없이 지켜보는 사람이 있다는 것, 아름다운 영혼으로 살기를 기도해 주는 사람이 있다는 것을 그들이 잊지 않았으면 좋겠다. 절망과 고통을 견디는 것은 각자의 몫이다. 사람이 살다 보면 실수를 할 수도 있지만, 영원한 실패로 이어지면 안 된다는 자각으로 다시 설 수 있기를 기대한다.

생각을 바꾸면 세상이 달리 보이리라. 내가 이 세상에서 하나뿐인 존재라는 걸 깨달을 때, 그는 예전의 그가 아닌 특별한 사람이 된다. 한 번뿐인 인생을 어떻게 살아야 할 것인가, 새로운 해답을 찾기 위해 고민하는 그 시간이 바로 갱생의 첫걸음이 아닐까 싶다.

부바벵의 과자는 여러 생각을 불러온다. 그의 과자는 재소자들을 번호 몇 번이 아닌 인간 누구로 기억해 달라는 주문으로 보인다. 죄를 지었지만 인간답게 살고 싶은 사람이며, 갱생에 대한 열망으로 지루한 시간들을 버티는 영혼들임을 잊지 말라는 부탁 같다. 아울러 재소자 친구들에게 보낸 따뜻한 관심이자 희망을 준비하라는 격려 인사로 보인다.

외국인 재소자, 때때로 우리를 멍하게 만들기도 한다. 질 나쁜 범죄 소식을 들으면 화가 난다. 조용히, 성실하게 살다 가면 참 좋겠는데 현실은 그렇지 않다. 외국인 체류자가 늘어나는 만큼 범죄율도 높아 가고 있다. 이런 뉴스보도에 안타깝고 두려운 생각이 들다가도 교도소에서 개개인을 대하면 딱한 생각이 앞선다. 죄는 밉지만 갇힌 인간은 불쌍하다.

오늘도 그들의 변화를 기대한다. 부바벵처럼 좋은 소식을 보내오고 과자를 사 줄 이가 생길지 누가 아는가? 이 기쁨이 내 인생을 오래 끌어가길 빈다.

세상에서 하나뿐인 선물

샘 사무실에서 연락이 왔다. 우편물이 와 있다는 것이다. 벌써 명절인가, 세월 참 빠르다.

긴 편지 사연 뒤로 정 씨의 얼굴이 겹친다. 출소하고 명절을 쇠려는데 돈이 없다는 이야기다. 예전에도 몇 번 손을 내밀더니 잊을 만하면 찾는 이다. 보통 외국인 재소자들은 형기를 마치면 자신의 나라로 추방당하는데, 그는 화교 출신이라 한국에 머물 수밖에 없다. 출소할 때야 야무진 마음으로 나가지만 얼마 못 가서 흔들리나 보다. 이리저리 떠돌다가 명절을 맞이해서 손을 내민 정 씨다. 궁즉통을 기대한 것인지. 아니면 말고 하는 심정으로 또 그러는 것인지.

또 한 장의 편지는 박 씨로부터 온 것이다. 내용은 정 씨와 비슷하다. 긴 편지 뒤에 적힌 커다란 계좌 번호만 다를 뿐이다. 어떻게 샘 사무실 주소를 알았을까. 마치 내가 채무자 같다. 당당하게 계좌 번호를 적어 보낸 이 앞에서 마음이 물러앉는다. 조금 심했다 싶어 편지를 접으려다 그 사람 심정을 헤아려 본다. 나를 아주 가깝게 느꼈던 것인지, 마냥 호의를 베풀어 줄 거 같아 낚시를 던지듯 툭 던져 본 것인지. 아무래도 일방적인 건 사실이다. 사람 사이의 호의도 관계가 쌓여야 오가는 것인데, 무조건적인 선의를 요구하는가 싶어 할 말이 없다.

두 장의 편지로 인해 마음이 조금 내려앉는데 다른 것이 나를 기다리고 있다. 한과와 과즙 상자이다. 담과 담을 넘어온 선물 상자다. 교도소에서도 명절이면 택배 선물을 보낼 수 있다는 사실을 이 씨 덕에 알게 되었다. 높은 담을 넘어온 그것들을 보니 마음이 울컥해진다. 값으로 따질 수 없는 선물이다. 주변 사람들, 특히 교도소에 다니는 것을 걱정 반 호기심 반으로 나를 바라보던 이들에게 선물을 한 조각씩 나눠 주고 싶다.

그만의 명절 인사법이다. 거듭 사양해도 정성을 보내오는 이 씨다. 비록 교도소에 있지만 명절을 명절답게 쇠고 싶은 그의 자존심인지도 모른다. 영치금으로 생활하는 이에게 선물은 특별한 의미이다. 자신의 생활비를 아껴 가며 몇 번 고민해야 쓸 수 있는 돈이란 걸 알기에 가슴이 뻐근하다.

방전되어 깜빡거리던 내 마음에도 빛이 들어오는 순간이다. 몸과 마음이 피곤하다가도 이런 선물 하나에 마음이 급반전한다. 초록불이 싱싱하게 들어오고, 인간에 대한 신뢰를 회복한다. 그런 의미에서 이 씨는 내게 선물 같은 사람이다. 성악설에 기울어 출렁대던 마음이 성선설로 돌아오는 순간이다.

교도소에서는 여러 종류의 사람들을 만난다. 죄목이 제각각인 것만큼 사람도 다양하다. 힘을 빠지게 하는 이도 있지만, 의외로 선물 같은 이도 있다. 서해안에서 불법 어로로 붙잡힌 어부인데 출소하기 전에 내게 선물을 주겠단다. 관심을 끌려고 하는 말인가 싶어 그냥 웃고 말았다. 그런데 약속대로 그림을 가져왔다. 연필로 그린 세밀화였다. 우리 민화 같은 그림인데 참 정교하게 그려진 것이었다. 그림을 보면서 마음이 따뜻했다. 그 그림을 그릴 때만큼은 늙은 어부의 마음도 편안했거니 하는 믿음에서다. 그림 하나로 기억에 남는 늙은 어부는 지금쯤 무엇을 하고 있는지. 돌아가면 다시는 우리 수역에 들어오지 않겠노라던 그의 말을 찰떡같이 믿고 싶은데.

또 생각나는 이가 있다. 그는 중국 한족 출신의 젊은이다. 아주 밝고 명랑한 친구인데 어쩌다 장기수가 되었다. 한글반에도 적극적으로 참여하더니 교도소 내의 공장에서 일을 하겠단다. 적은 임금이지만 이곳에서 일을 할 수 있음은 다행이다. 자신의 용돈을 벌 수 있고, 조금이나마 저축을 할 수 있으니 얼마나 좋은

가. 그러더니 기쁜 소식을 전해 왔다. 자동차 정비 자격증을 땄다는 것이다. 한글로 또박또박 적어 온 편지였다. 외국인 재소자 신분으로 한국의 기술 자격증을 따기가 쉽지 않을 터인데 자신의 노력으로 얻어 낸 것이다. 얼마나 기쁜지, 내 마음에도 긴 초록불이 들어왔다.

가끔, 아주 가끔이지만 선물 같은 이를 만날 수 있어서 다행이다. 내게는 보석 같은 이들이다.

붕어빵 두 개

언제나 그곳은 춥다. 시내 외곽에 위치해서 그렇기도 하거니와 심정적인 싸늘함도 한몫한다. 연말을 맞이해서 한글반 학생들에게 간식을 넣어 달라는 친구의 부탁을 들어주기 위해 교도소에 들렀다.

민원실 쪽의 오솔길을 긴 머리의 여인이 걸어가고 있다. 뒤뚱거리는 걸음걸이가 어딘가 어색하다. 가까이 가 보니 만삭에 다다른 몸이다. 젊은 여자 혼자서 무거운 몸으로 교도소 민원실을 찾다니, 호기심이 동한다. 저 여인은 누구를 보러 왔을까. 숨쉬기도 힘들 만큼 배가 부른데도 면회 올 정도면 보통 사이는 아니다. 가족과 함께 온 것도 아니고 혼자 왔다. 어떤 간절함과 절박함이 있는 걸까. 뱃속의 아이 아빠를 보러 온 것은 아닌지, 몸을 풀기 전에 꼭 찾아봐야 하는 이가 교도소에 있는지, 상상만으로도 마음이 무겁다.

교도소 민원실은 여느 곳과는 다르다. 소리 없는 눈빛들만 분주하다. 지루한 전광판을 지켜보며 마른침을 몇 번 삼킬 즈음에 번호가 호명된다. 면회소로 향하는 발걸음이 분주하다. 투명한 칸막이를 앞두고 서로의 안부를 묻고, 몇 마디 대화를 나눈다. 그들 사이를 지배하는 것은 시간이다. 째깍째깍 초침이 움직일 때마다 마음이 조급해진다. 허용된 시간은 겨우 십여 분 남짓하다. 일분일초가 바깥 시간과는 다르다. 황금 같은 순간이다. 그 짧은 시간을 위해 가족과 친지들은 수고를 아끼지 않는다. 소낙비 끝에 뜨는 무지개임을 알기 때문이다.

사람들 표정만 보아도 누구를 면회 왔는지 가늠이 된다. 눈물범벅이 되어서 면회장에서 나오는 이를 보면 아들을 그곳에 맡긴 어머니가 분명하다. 그것도 처음 면회를 왔거나 수감자가 초범인 경우에는 가족들 얼굴이 얼룩져 있다. 아무리 큰 죄인일지라도 가족에게는 귀한 살붙이다. 세상에서 소중한 사람, 좋은 일이 있으면 좋아서 생각나고 슬픈 일이 있으면 힘들어서 생각나는 이다. 그래서 사람들은 특별한 날이면 먼 길을 마다하지 않고 마음의 온기를 나누려고 달려오는 것이다.

일을 마치고 돌아오는데 버스 정류장 안에서 한 여인이 종이컵을 내민다. 붕어빵 두 개가 들어 있다. 얼결에 컵을 받아 드니 온기가 금방 전해 온다.

"웬 붕어빵이에요?"

"여게는 마음도 춥잖아유."

'여게'라고 말하는 그녀의 얼굴이 교도소 쪽을 가리킨다. 사방을 둘러보니 언제나처럼 한적하다. 차가 몇 대 지나가고 어깨를 웅크린 이들이 두엇 지나가고 있다. 법무부 소속의 큰 버스가 지나가는 것만 빼면 도시의 외곽과 다를 게 없다. 조금만 나가면 아파트들이 있고 대형 마트와 유명한 아울렛이 있다. 도시가 확장되다 보니 인근에 아파트 건물들이 들어서게 된 것이다.

"어떤 이는 하루 죙일 밥 구경도 못하다가 붕어빵으로 요기하는 사람들도 있대여."

중년 여인이 코끝을 찡긋한다. 짠하다는 표정이다. 교도소 인근에 살다보니 면회객들을 자주 접하나 보다. 먼 데서 면회 오자면 시간이 없어 아침을 거르는 이도 있고, 마음이 심란해서 밥이 안 넘어가는 이도 있고, 경비를 아껴 영치금에 보태 주려고 배를 쫄쫄 굶고 가는 이들도 있을 것이다. 거기다 교통편이 좋은 것도 아니니 승용차가 없는 이들에게는 하루해가 부족하다.

면회객들의 시장기를 면해 주기 위해 붕어빵 기계를 마련했다는 중년 여인이다. 일이 뜸한 연말이라서 시간을 냈단다. 점심 이후부터 오후 네 시까지 버스 정류장에서 손님을 기다린다. 전문적인 장사가 아니다 보니 장비도 열악하다. 계란판 크기의 빵틀을 휴대용 가스레인지 위에 올려놓고 붕어빵을 굽는다. 어설픈 장비지만 마음은 넉넉해 보인다. 따스한 차까지 대접하기 위해 보온병까지 갖추었다.

겨우 비바람이나 가릴 정도의 낡은 버스 정류장이 예전과 달라 보인다. 사람의 온기가 돈다. 구수한 붕어빵 내음과 커피 향 그리고 율무차 냄새까지 끼어드니 연말의 썰렁함이 다소 누그러져 보인다. 붕어빵 두 개에 호사를 누리는 느낌이라니.

몇 달 전까지만 해도 진입로의 가로수마다 현수막이 걸려 있었다. 주민들의 재산권을 제한하는 혐오시설은 물러가라는 내용으로 도배되어 있었다. 교도소 인근 주민들의 시위였다. 교정당국은 이러지도 못하고 저러지도 못하는 입장이다. 규모가 큰 교도소를 옮기자니 말처럼 쉬운 일이 아니다. 교도소 측에서야 굴러온 돌이 박힌 돌을 차대는 꼴이고, 아파트 측에서야 눈에 가시 같은 시설이 떠나 줘야겠다는 것이다. 서로의 입장이 팽팽하니 간격 또한 그대로다.

붕어빵 두 개에 마음이 부르다. 누군가는 죄를 짓고 세상의 누군가는 그 죄수를 슬픈 마음으로 면회 오고, 또 다른이는 가난한 마음을 위로하기 위해 길에서 붕어빵을 굽는다. 작은 붕어빵이 사람 사이의 간격을 메꾸고 있다. 틈과 틈 사이를 따스하게 잇고 있다. 식어버린 종이컵을 구겨 버리지 못하고 두 손으로 받쳐 들고 있는 이유이다.

올라갈 때 보았던 여인이 교도소 쪽에서 내려오고 있다. 멀리서 보아도 허리를 젖히고 걷는 여인의 배가 도도록하다. 조금 전에 내가 먹은 붕어빵이 어쩌면 저 여인의 몫인지도 모른다.

마침 시내로 가는 버스가 기다렸다는 듯 달려오고 있다. 다행이다.

풀밭 위의 식사

금빛 햇살이 쏟아지는 잔디밭, 나무 그늘 아래 삼삼오오 자리 잡고 있는 이들이 피크닉 나온 사람들 같다. 모네의 그림 〈풀밭 위의 식사〉가 연상되었다.

교도소에서 '가족의 날'이 열리는 날이다. 교도소 생활을 잘하는 모범수에게 특별히 주어지는 보너스이다. 공개된 장소에서 가족들과 음식을 나눌 수 있고 여유로운 시간을 보낼 수 있으니 쇠창살을 사이에 두고 하는 일반 면회와는 다르다. 평상시의 접견 시간이 십 분 정도라면, 공개된 장소에서 만나는 가족의 날은 반나절의 축제나 다름없다.

드디어 주인공들이 등장했다. 그날만큼은 번호 몇 번이 아니다.

누군가의 소중한 아들이며, 사랑하는 이며, 자기에게 맡겨진 시간을 잘 감당하는 성실한 사람이다. 먹거리를 싸 들고 온 가족 얼굴에도 미소가 흘러넘친다. 군대 간 아들 면회라도 온 듯 애틋하고 진지한 분위기이다.

앞자리의 남자는 머리가 하얗게 센 데다 휠체어까지 타고 있다. 검색대 앞을 통과할 때 홍당무가 되어 도시락을 들춰 보이던 여인이 그 옆에 앉아 있다. 말을 들어 보니 일본인이다. 겨우 점심 한 끼 나누기 위해 한걸음에 달려온 이국 여인이다. 그들은 공원에 잠시 산책 나온 부부처럼 편안해 보인다.

몇 달 전 일이 떠오른다. 그날도 가족 대행으로 참여했다. 한 사람이 피자를 보더니 자기도 몰래 소리를 질렀다. 피자 한 조각이 뭐 그리 대단하다고 저리 호들갑인가 싶은 내 표정을 읽었는지 그가 변명처럼 한마디 했다.

"피자, 십 년 만이에요."

교도소에 들어온 이후 처음 맛보는 피자란다. 세상에서 가장 맛있는 피자를 먹고 있는 외국인 청년이었다. 십 년 만이라는 이 한마디에 그가 처한 현실이 실감났다. 특별한 사람들이다 보니 술 담배 외에도 제약 받는 부분이 많다. 매점이 있지만 일반 슈퍼와는 다르다. 고객 중에는 선수(?)들이 많아서 조금만 틈을 보이면 기술을 발휘하려고 한다. 밥풀로 발효음료를 만들지를 않나, 음료수로 술을 만들어 성경 속의 이적을 재현하려고 하질 않나, 재주도 다양하다. 고수들이 모인 곳이다 보니 규제도 많아질 수밖에 없다.

'가족의 날' 대상자로 선정되어도 정작 찾아올 가족이 없는 경우도 많다. 그날도 누군가의 부탁으로 하루만 '가족' 대행을 하기로 했다. 최고급 파티에 초대받았는데 같이 갈 동반자가 없다는 이유로 거절당하면 안 될 거 같아서다. 좋은 날에 찾아올 가족이 없다는 것은 커다란 독방에 갇힌 독거수와 다름없어 보인다.

교도소에서는 말썽을 부리면 독방에 넣는다. 독방이 최고의 징벌인 셈이다. 고립감이야 거기서 거기일 것 같은데, 혼자라는 것 자체가 견디기 힘든 모양이다. 학생운동으로 수감 생활을 했던 모 인사의 말이 생각났다. 그가 독방에 갇혔을 때 얼마나 지루한지 하루 종일 괴로웠다. 애꿎은 모포를 접었다 폈다 하며 시간을 보내는데, 바퀴벌레 한 마리가 지나가는 게 보였다. 얼마나 반가운지 눈을 뗄 수가 없었다고 한다. 생쥐라도 한 마리 나오면 쥐구멍을 틀어막고 같이 살자고 애걸하고 싶을 정도였다니 독방이 주는 단절감은 생각 이상인가 보다.

교도소에만 독방이 있는가. 곳곳에 보이지 않는 독방이 있다. 힘들고 지칠 때 격려해 줄 가족 친지가 없다는 것, 있더라도 이미 멀어진 사이라면 이 또한 독방 신세가 아닐지.

이런저런 생각을 하는데 앞자리의 수감자가 내 전화번호를 물어왔다. 순간, 당황스러웠다. 인정에 메말라 있는 이에게 그 정도 관심은 베풀 수 있지 않겠느냐는 마음과, 잘못하면 난처한 일이 벌어질지도 모른다는 생각이 팽팽히 맞섰다. 그의 말을 못 들은 척 얼버무릴 수밖에 없었다. 당일치기 가족의 한계였다. 무안한 마음을 애써 숨기며 씁쓸하게 웃는 수감자를 보는 내 자신도 편치 않았다.

면회 시간이 끝나 갈 무렵에 그가 커피 한 잔을 내밀었다. 민망한 마음에 종이컵을 얼른 입에 댔다. 순간, 비명을 지를 뻔했다. 커피가 너무 뜨거웠다. 아무 말도 못하고 애꿎은 눈알만 굴리고 있는데 불현듯 깨달음이 스쳤다. 죄를 저지르는 것은 순식간, 커피 마시는 것처럼 순간일 수도 있다. 아주 짧은 시간을 통제하지 못하면 일생일대의 실수에 빠져 푸른 옷에 갇힐 수도 있다.

순간의 충동으로 따진다면 나도 남 못지않다. 들끓는 기름처럼 감정이 치밀어 오른 적도 있고, 안전핀이 뽑힌 수류탄처럼 걷잡을 수 없던 적도 많았다. 그런 시간을 비켜 갈 수 있었던 건 내 힘만으로 가능한 게 아니었다. 돌이켜 보니 참 감사하다. 감정의 열기가 빠져나갈 때까지 기다려 준 사람들, 알게 모르게 믿음으로 지켜보던 눈길들, 사랑으로 지지해 준 이들이 아니었으면 나도 순간을 참아 내지 못했을 것이다. 그리하여 풀밭 위의 식사를 고대하며 바깥을 그리워하는 입장이 되었을지도 모른다.

뜨거운 커피에 덴 입안이 자꾸 화끈거린다.

하모니

　찰칵, 짧게 여닫는 문소리가 미명 속으로 퍼져 나간다. 푸른 옷을 입은 주인공의 얼굴은 납빛이다. 침묵이 흘러넘치는 복도 끝에서 푸른 옷이 뒤를 돌아본다. 어쩌면 긴 생을 되돌아보는지도 모른다.

　예전의 그녀는 남부러울 것이 없었다. '그 사건'이 터지기 전까지는. 믿고 의지했던 후배와 남편의 불륜 현장을 목격한 그녀는 두 사람을 향해 자동차의 가속 페달을 밟아 버린다. 스스로 심판자가 된 것이다. 그들의 삶이 공중 분해되고 자신의 인생 또한 블랙홀에 빠졌음을 깨달았을 때는 이미 늦었다. 전도양양한 음대 교수는 살인자가 되고 만다.

그녀는 청주 여자 교도소에 수감되고, 그곳에서는 교화의 일환으로 합창단을 만든다. 첫 모임에서 깨진 유리 조각 같은 서로를 확인했을 뿐이다. 불협화음이 되어 서로를 찌르던 그들은 노래를 부를수록, 자신을 되돌아보며 닫혔던 마음을 연다. 그리고 하나 되기 위해 옆 사람을 돌아본다. 그들의 노래는 단순한 노래가 아니라, 마음과 마음을 하나하나 찢어 붙인 모자이크 그림과 같다. 순간순간에 최선을 다하는 그들만의 하모니다.

아무리 그래도 그녀는 사형수다. 흰 고무신을 신고 복도를 건너가는 사형수에게 새벽의 호명은 무엇을 의미하는가. 이제 인생의 무대를 내려와야 한다는 신호다. 한 걸음, 한 걸음 운명의 허방다리를 건너는 이를 위로하듯 노래가 울려 퍼진다. 마치 진혼곡 같다. '찔레꽃' 노래가 교도소 복도에 사무치게 흩날린다. 영화 〈하모니〉의 마지막 장면이다. 실화를 배경으로 한 영화라선지 사형장으로 향하는 여인의 흰 머리카락이 나를 붙들고 놓아주지 않았다.

그는 중국 한족 출신의 재소자이다. 그가 잠시 자리를 떴을 때, 동료가 손가락질을 했다. 같은 수감자끼리도 동정을 받는 이가 있는가 하면, 인간 말종으로 욕먹는 이도 있다. 그는 후자에 속했다. 집에 와서 인터넷을 검색해 보니, 그는 유명한 사건의 주인공이었다. 그의 각본은 순식간에 짜였고 술이 배경이 되었으며 여자 주인공은 비참한 최후를 맞이했다. 목숨처럼 사랑하는 여인의 배신에 스스로 처단자가 되고 만 것이다.

영화로 치면 피가 난무한 하드 고어 쪽이었으나 그 사건은 실제 상황이었다. 그를 보면 긴장되었다. 단순한 범죄자가 아님을 알게 된 후로 내 마음이 편치 않았다.

어느 날, 그의 눈물을 보았다. 눈의 실핏줄이 벌게지더니 금방이라도 붉은 눈물이 뚝뚝, 떨어질 것 같았다. 그것은 통회의 눈물이자 영혼의 탄식이었다. 연인의 배신에 미친 듯 주먹을 휘두른 자신의 어리석음과, 끔찍한 사건의 주인공으로 비화된 운명을 참을 수가 없었나 보다. 스스로가 괴물처럼 느껴졌을 터이다.

그를 보면서 나도 울컥했다. 내가 나를 용서할 수 없는 슬픔, 이보다 더한 고통이 어디 있을까. 한편으로는 기뻤다. 속죄의 시간까지 주어진 점이 감사했다. 영화에서처럼 어느 새벽에 그를 데리고 나가서 법의 심판대에 세웠더라면 뜨거운 눈물까지 내려갈 수 없었을 것이다. 지금 죗값을 치르고 있지 않느냐고, 악연으로 말미암은 운명이었다고, 혹은 어쩔 수 없는 사고였다고, 자기 합리화의 변명으로 끝낼 수도 있었으리라. 혹은 서슬 푸른 한을 남기며 이슬처럼 사라졌을 수도 있다.

피해자들의 입장에서 보면, 가해자가 아무리 울어 대고 어떤 속죄를 해도 당사자의 고통을 대신할 수는 없다. 내가 당한 만큼의 아픔, 꼭 그만큼을 상대에게도 치르게 하고 싶을 터이다. 그게 인지상정이다. 정의가 살았고 질서와 법이 존재하는 것을 그렇게라도 확인하고 싶은 것이 사람 마음이다.

갈수록 고약한 사건들이 언론에 오르내린다. 인간이기를 포기한 이들의 극악무도한 범죄를 볼 때마다 사형 부활론이 대두되고, 살인의 공소시효가 폐지되어야 한다는 여론이 왜 들끓는지 이해할 수 있다.

그러나 한 남자의 눈물을 본 이후로 마음이 바뀌었다. 눈물의 값에 대해 생각해 보게 되었다. 진정한 눈물은 삶을 돌이키게 하는 힘이 있다. 살인자의 눈물일지라도 깊은 참회가 있으면 그 눈물은 값진 것이다. 자기 연민이 아니라, 속죄의 시간까지 내려갈 때 스스로를 회복시키는 또 다른 힘을 만나게 된다. 사무치게 울 수 있어야 한다. 참회의 시간까지 내려갈 수 있도록 기다려야 한다. 그 울음으로 자신의 손을 씻고 마음을 씻고, 다른 이들의 눈물을 씻기 위해 고민하는 기회가 주어지기를 바란다. 죄의 대가를 치르기 위해 고뇌하고 고뇌하는 시간까지 내려갈 수 있어야 한다.

레오나르도 다빈치의 〈최후의 만찬〉이란 그림이 있다. 그 그림에는 한 사람이 두 인물, 예수와 유다의 모델이 되었다 한다. 한 사람의 얼굴에 극과 극의 두 얼굴이 숨어 있었던 것이다. 이것이 어찌 그의 경우뿐이겠는가. 최악의 얼굴과 최선의 얼굴, 두 가지를 다 지니고 있는 것이 인간이다. 이것이 바로 인간의 본질이자 또 다른 능력이 아닐까 싶다.

숨겨진 거울처럼, 내 안에 그가 있고 그 안에 내가 있다. 인간은 거기서 거기다. 그나 나나 크게 다르지 않다고 생각하면 용서하지 못할 이유가 없지 않을까. 용서가 가장 커다란 복수라는 말도 있다. 자신의 행위에 대해서 철저하게 반성하고 속죄할 만큼의 시간을 주는 것이 더 큰 보복이라고 믿는다.

용서할 수 없는 자는 용서받을 수 없다는 말도 있다. 용서할 수 없는 자를 용서할 수 있을 때, 우리의 삶이 진정한 하모니에 이르는 길이다.